Dietrich Bleeck

Marlene

oder
vorübergehende Anpassung an vorübergehende Lagen

eine kinderliebe Novelle

Bibliografische Information der Deutschen Nationalbibliothek:
Die Deutsche Nationalbibliothek verzeichnet diese Publikation
in der Deutschen Nationalbibliografie; detaillierte bibliographische
Daten sind im Internet über dnb.d-nb.de abrufbar.

TWENTYSIX — Der Self-Publishing-Verlag
Eine Kooperation zwischen der Verlagsgruppe RandomHouse und
BoD — Book on Demand

Copyright © 2015 Dietrich Bleeck

Herstellung und Verlag:
BoD — Books on Demand, Norderstedt

ISBN: 978-3-7407-0667-8

1

Vor allem...

Am Beginn der achtziger Jahre des vorigen Jahrhunderts, als die Welt schon genauso war wie sie ist, nämlich undurchschaubar und ohne Gegenteil, ohne Aussen und Innen und die Worte Weltgericht, Weltbürger, Weltliteratur Jedermann überforderten, als schon fast alle Entscheidungen, die heute bereut werden, entschieden und die Zukunft noch ein Fortschritts- nicht ein Gefahren- und Risikohorizont war, endete dieser eine Tag an einem resopalbeklebten Küchentisch mit einer Demonstration.

Marlene senkte den Kopf tief über die gefalteten Hände und sagte das Wort, die Kinder hoben die Arme und hielten den Atem an. Renate neben Martin rückte mit dem Stuhl näher, und Martin blickte mit weiten Augen in die Runde. Hier bildete sich eine der gänzlich unwahrscheinlichen Varianten des massenhaft auftretenden, unverwüstlichen Ur-Systems Familie: Martin wurde von Marlenes Kindern, Fabian, Betty und Nicki zum Vater bestimmt, der entschied sich für Renate als Geliebte, die warf zwei Augen auf Marlene, die nun aufblickte und die Koalitionen billigte.

Martin wird aus seinem Modus: frei, einsam, unbestimmt, an dem er selbstbewusst hängt, herausgelöst. Er weiss, dass er sein Schicksal selbst bereitet und sich neu justieren muss. Aber die Götter über den Opferfeuern im Wald überwachen ihre Ansprüche und nur in den alten Geschichten sind sie manchmal dem Einzelnen gnädig.

Diese Geschichte ist Martins letzte Fassung der Erinnerung an die Ereignisse. Erinnerungen sind keine Zeitmaschinen sondern Gegenwartsverlängerer, daher...

2

Der Unfall

Früher Morgen im Herbst des Jahres, in dem John Lennon starb, kaum sichtbarer Dunst, in der Luft ein Windwirbel, der die ersten Blätter über die Strasse trieb.

Martin fuhr in seinem alten Kombiwagen auf einer ehemaligen Schussschneise im grossen Wald der Landgrafen von Hessen nach Osten wie durch einen Tunnel. Fuhr aus der Vergangenheit, die er mitschleifte durch sein Jetzt in die Zukunft, die er sich vorstellte aber nicht kannte.

Beide Hände auf dem Lenkrad, im Ohr die Musik des Tages eines Dritten Senders, im Sinn eine Bewerbung auf die Stelle seiner Wahl an der internationalen Schule an der Bergstrasse ganz in der Nähe. Wieder Pestalozzi sein, voller Erbarmen aber ohne Metaphysik und Ohrfeigen. Lehren! Lernfähigkeit für ganz abstrakte Erziehungsziele aktivieren: Wahlfähigkeit in der Sachdimension, Änderungsfähigkeit in der Zeitdimension und Kommunikationsfähigkeit in der Sozialdimension. Kinder gewinnen und normalisieren.

Sich niemals damit abfinden, dass so viele Leute aus Spökenkiekerei und Pseudowissen Lügen verbreiten, ihr Selbst erhöhen und erhaben machen und dann Macht- und Herrschaftsansprüche stellen.

Nun vor Augen den Vigiliushof im Odenwald, einem ausgegrabenen römischen Landgut, über das er als Amateurarchäologe einen Vortrag vorbereitete, zu dem er von der Dantegesellschaft eingeladen worden war. Der Brunnen der Anlage bereitete ihm Sorgen. Sieben Skelette hatte man im Grunde gefunden.

Alle Gedanken verglimmen beim Aufleuchten der Bremslichter des Wagens vor ihm. Ein Schatten schiesst nach links, die kleinen roten Sonnen erlöschen, der Wagen strebt nach rechts ins Grün, wirft Grass und schwarze Erde auf und verschwindet mit einer Drehung um die Mittelachse.

Als Martin in den schwarzen Spuren die Heckklappe mit dem Warndreieck auf der Innenseite aufriss und den Laderaum betrachtete, rauschte ein Windstrom durch die Bäume, dem eine reine Stille folgte. Sie fiel ihm auf weil Schreie aus dem Wald, die er erwartet hatte, nicht kamen.

Der kleine blaue Wagen lag neben einem Baum, dem er die Rinde aufgerissen hatte, auf dem Dach. Entschlossen folgte Martin, einen Verbandskasten in der Linken, den schwarzen Spuren, durchsuchte das Rettungsprogramm: Stille die Blutung, finde die Leute... Als er nicht weiter wusste und der umgestürzte Wagen beim Hinstarren die Farbe wechselte, hielt er an und sah nur auf die schwarzen Räder, die sich nicht mehr drehten.

Neben dem Wagen ein Körper in Seitenlage – zum Schlaf gelegt. Eine Frau, ohne Blutgeruch, das Haar so bleich wie das Gras; ganz schwacher Puls, der unter dem eigenen Klopfen in den Fingern kaum zu spüren ist; keine weissen, zersplitterten Knochenenden; ein nackter Fuss und dort eine Handtasche.

Diese Frau war nicht angeschnallt gewesen, ob sie Glück oder Pech gehabt hat? Er legte eine Hand auf das schwarze Rad und brachte es in Schwung. Gleich wird sich die Frau mit den strohgelben Haaren aufrichten und sprechen: ich habe mich nur ein wenig von dem Schrecken erholt, bringen sie mich bitte nach Hause.

Die reine Stille verlangsamte ihn. Sie lähmte, was ihn als Martin auszeichnete: in einem Nu! die Lage wahrnehmen, abschätzen, beurteilen, abwägen, entscheiden und sofort umsetzen. War so die Langsamkeit gemeint? Nicht nur die Stille, die Erinnerung setzte ihm zu: du bist kalt vorbeigefahren, da lag sie schon hier.

Wenn ich ein Protokoll abliefern muss, will ich sagen können: alles weitere geschah erst einmal ohne Überlegungen. Macht der Automat einen Fehler, lassen sich

Entschuldigungen finden, missraten die Gedanken, gibt es kein Pardon. Lieber schweigen.

Die Vorstellung, die Frau hier liegen zu lassen, um Hilfe zu holen, wenigstens ein Telefon zu finden, stellte sich einfach nicht ein. Und später konnte man immer noch sagen: es war viel zu kalt für sie in dem gelben, nassen Gras, sie wäre erfroren.

Wie sollte er den Körper, ohne ihn zu zerbrechen, in die Arme bekommen. Auf den Bildern der Maler und Kameramänner ist es immer schon geschehen und man bewundert den Farbfleck, das hängende Gesicht.

Ein Knacken liess ihn zusammenfahren. Der Startschuss kam aus dem Rad, das er angestoßen hatte. Es blieb mit einem Ton, der tief in ihn eindrang, stehen. Er nahm die Tasche auf den Rücken, stürmte senkrecht die glatte Böschung hinauf, hielt oben Ausschau nach einem Wagen, richtete den Laderaum her und stellte die Warnblinkanlage endlich an.

Kniete und hob nun, nachdem er Lage und Gewicht eingeschätzt hatte, sanft den leichten, sich biegenden Körper aus dem Gras, das in der langen Zeit mit den Haaren verwachsen war, trug ihn in einem Zuge schräg die Böschung hinauf bis zur schwarzen Spur unter der Heckklappe, verschnaufte eine Sekunde lang mit einem Blick in ihr unberührtes Gesicht und legte ihn dann in den Laderaum zwischen die weggeräumten Sachen auf die Decke. Mit dem Parka deckte er sie zu. Ein Schuh fehlte.

Langsam fuhr er bis auf die Höhe des Wägelchens vor, stieg nach einigem Zögern aus, rutschte auf dem Hosenboden die Böschung hinab und untersuchte noch einmal die Stelle nach einer weiteren Person, fand nur den Sandalette. Aus dem Protokoll mussten Sorge und Sorgfalt hervorgehen. Eine Idee löschte die Flammen der Sorge: er steckte den Kopf in den Wagen und zog den Zündschlüssel mit Schlüsselbund und Ledertäschchen ab.

Trauer und Trägheit ersetzten nun Eifer und Sorge. Es war nur Naheliegendes zu tun. Sie hiess Marlene Schneider,

wohnte im Ahornweg in Langen und hatte in ihrer Handtasche nichts weiter als ein Scheckheft, einen Ausweis und ein kleines Portemonnaie mit Kleingeld und zwei Zwanzigern. Die blaue Schachtel machte er auf. Ovale, kurze Zigaretten ohne Filter und ein besonderer Duft.
Die letzten Häuser hatte er dort gesehen, also wenden. Warum fährt hier niemand entlang, ich bin auf dem falschen Weg. Martin schaltete das Radio wieder ein. Seit dem Verschwinden der Bremslichter waren noch nicht zehn Minuten vergangen. Wenn man an die Zeit denkt, ist sie sofort da, aber nach vier Sekunden bleibt nur noch das Wort, das man lesen oder murmeln kann. Beim nächsten Gedanken verlischt das Wort und silberne Ewigkeit ohne Augenblicke..., es gibt kein Verbum dafür. Die Paradoxie der Gegenwart bleibt, wenn es nicht gelingt, sie aus den Gedanken zu verbannen. Martin versuchte, den Kopf so zu wenden, dass er ihr Gesicht sehen konnte, das sogleich in der Vorstellung da war und auf Deckung mit der Realität im Kofferraum wartete.

Die Frau im weissen Kopftuch im Vorgarten richtete sich aus den Bohnenbüschen auf, ein Bündel Grün in der Rechten; mit der Linken griff sie an den Kopf und wischte mit dem Handrücken über die Stirn unter dem Tuch entlang. Noch einmal Ewigkeit.

Sie gab sachlich, vollständig und vor allem bereitwillig Auskunft. Als sie begann, alles noch einmal von vorne zu erzählen, fuhr er los, gab entschuldigende Zeichen, enttäuschte sich und die Frau durch die Eile der Trennung. Endlich ist da einer der genau das sagt, was du hören musst um weiterzukommen und du würgst ihn ab, lässt ihn enttäuscht stehen, kannst nichts erklären. Ich werde nachher noch einmal zurückkehren und Danke sagen und sehen, dass alles schon wieder verborgen, aber nicht vergessen ist.

Auf dem kleinen Parkplatz mit der Orientierungstafel und dem schönen Stadt- und Regionalplan studierte er die Aussagen der Kopftuchfrau nach, lernte auswendig, erkundete dann in Sekunden das friedliche Gesicht Marlenes, griff nach ihrem Puls, spürte ihn auf und sah hin und wollte und konnte genau sehen: sie atmete. Ein Grashalm übertrug die winzige Hebung der Brust in einen zentimeterweiten Ausschlag. Und diese Gegenwart blieb stabil.

Martin versetzte Gesicht und Gemüt in eine offene Zuversicht, ja Heiterkeit und lieferte mit dieser Einstellung Körper, Handtasche und Bericht – Unfall, Wild vor dem Wagen, Überschlag, sie hat neben dem Wagen gelegen – in dem Kreiskrankenhaus ab, prüfte, ob er Name und Adresse behalten hatte, schnaufte erleichtert darüber, dass er ohne Vorwürfe wegen des unprofessionellen Transports zu hören im Hafen aufgenommen wurde: sie nahmen die Leinen wahr und löschten die Fracht mit zupackender Bereitschaft und liebevoller Sanftheit.

Das weisse Kopftuch der alten Frau im Garten und der lange Blick einer Schwester auf die schlafende Marlene beschäftigten ihn als er nun auf der weissen Besucherbank der Station saß, das Heft eines Lesezirkels auf den Knien, mit knurrendem Magen.

– Sie haben die junge Frau gefunden und hergebracht? Die freundliche Ansprache ermunterte ihn. – Ich bin Doktor Gündogan. Wir haben keine Angehörigen, am Telefon der Wohnung meldet sich niemand, es geht ihr gut, keine Lebensgefahr. Er machte sich klein um nicht auf das liebe Gesicht herabsehen zu müssen. Was sollte er nur sagen?

– Ich werde zur Polizei und zur Wohnung fahren.

Der Pförtner wies ihn ein: wieder steht er vor einer Karte und lernt Wege auswendig. Marlene Schneider, Ahornweg 39, und hier ist der blaue Stern des zweiten Reviers. Die Kartenzeichen sagen ihm, der geübt ist, Symbole zu lesen: in der Wirklichkeit sitzen auf den Dächern Tauben
und die Autos unterscheiden sich stärker voneinander als die Leute, da findest du dich leicht zurecht; auf dem Weg wird auch noch ein Bäcker zu finden sein, der Kaffee und Teilchen, die nach Hefe duften, anbietet.

Martin hob die Arme und winkelte sie an, so wie er die junge Frau getragen hatte. Sie kehrte nicht zurück, weder real mit Gewicht und Gesicht noch symbolisch verschlüsselt. Sein

Traumgesicht enthält nur das Traumgesicht, nichts ist darin zu lesen und durch das Gesicht hindurch kann niemand gelangen. Musste er unbedingt zur Polizei? Parke den Wagen so, dass sie ihn nicht sehen können.

An dem Auftritt arbeitete er in der Nähe des zweiten Reviers, nachdem er aufgeräumt, die Decke zusammengelegt und die Zeitung von der Rückbank genommen hatte. Er legte seine Weltquelle auf die warme Haube, beugte sich darüber und operierte mit hellem Bewusstsein zugleich auf vier Ebenen oder in vier Räumen. Aus den Überschriften der Zeitung formulierte er den Text für den Auftritt im Revier: grüne Röcke und helle Hosen mit Bügelfalte, keine Waffen, keine Frauen, aufmerksame Gesichter: ich möchte eine Unfallmeldung machen.

Dazu Marlene mit dem bleichen Haar, das an der steilen Böschung das Gras streift, die Sicherheit und Genauigkeit der Rede der Frau am Zaun, die Ärztin mit dem Ü im Namen und er selbst, lauter Leute die nett zu ihm waren, geh endlich hinein und mach´ einen Eindruck. Du hast ein Ereignis bewältigt, das nicht vorgesehen war, jedenfalls für dich nicht. Es geht den Polizisten doch genauso! Sie haben einen festeren Rahmen, du hast sehr weite, unsichtbare Grenzen um dich herum. Sie sehen es dir nicht an, dass du zuerst vorbeigefahren bist, stahlhart und tumb. Du riechst nicht danach, nur Hunde wittern sofort deine Erbärmlichkeit, dich vor Verantwortungen zu drücken. Nun verfing er sich schon in fünf Szenarien.

Es macht keinen guten Eindruck, wenn man unvorbereitet redet und erst im Moment konstruieren muss, was man sagen will. Kann ich mir in der Schule auch nicht leisten. Auf einmal sagst du etwas, das sie hell aufleuchten lässt, sie bringen dich in Verbindung mit Sachverhalten, von denen du keine Ahnung hast und plötzlich liegst du mit deinem Schiffchen quer im Maul des grossen Wals und die Möven, die viel mehr wissen als du, schreien noch lauter. Die Verfertigung der Gedanken beim Reden funktioniert nicht so einfach. Niemand kann über seinen Pimmel springen, niemand kann hinsehen und zugleich sehen, wie er sieht, niemand kann aus der Gegenwart heraus und in der Zukunft operieren. Sie wussten schon von dem Unfall; Martin füllte das Bild ohne Rahmen weiter aus, er kam nur mit Namen und Adresse darin vor.

Auf dem Weg zum Wagen schnaufte er sich frei. Einen Bäcker gab es im Bauhaus; die neue Strasse, Nummer 39 lag am Waldrand. Dort würde das Theater erst losgehen.

Muss Martin den Ahornweg aufsuchen? Er wird es tun und jedermann kann ihm Motive unterstellen, er sich selbst sogar. Die Griechen wussten, wie das zuging, wir arbeiten heute mit einem motivationalen Komplex, der eine schlechtere Hypothese darstellt als die Annahme eines Gottes, Merkur zum Beispiel, der Nachrichten erfindet und neugierig ist.

Was haben sie mit meinem Kind gemacht?

Er wird allein sein, ohne Beistand; Handelnder und Beobachter seiner Taten zugleich. Er übte nur und immer wieder, sich auf absehbare Lagen einzustellen. Und das musste mit Schnelligkeit, Wendigkeit und mit Grenzziehungen geschehen, mit Bedacht ohne Bedächtigkeit.

Früher sagten die Leute: der Mensch denkt, Gott lenkt, und damit war das irdische Geschehen bei allem Wissensstand zureichend beschrieben. Mit grosser Erklärungskraft. Heute bin ich nur noch Martin, von allen Himmeln und Göttern befreit – einsam, frei und unbestimmt – passe mich vorübergehend an vorübergehende Lagen an, bereite mir mein Schicksal selbst.

3

Im Ahornweg und in der Schule.

Kaffee und ein Hefestückchen brachten Martin voran; die erste Seite der Zeitung ohne Bild versprach Neuigkeiten und Einsichten durch Worte; der Parka wärmte, er roch nach Marlene. Der Vigiliushof mit den Skeletten im Brunnen konnte warten.

Dann sah er Leuten zu, die neben ihm ihre Sachen aus dem Einkaufswagen verstauten, drehte die Scheibe herunter und fragte nach dem Ahornweg. Wie viele Leute sind hier zu befragen, bevor ein Treffer gelingt? Sie fangen an zu reden, freuen sich, dass jemand zuhört, verbergen lange, dass sie keine Ahnung haben. Er war dabei, anzuschwärzen und ermahnte sich.

Der Ahornweg. Eine Strasse mit einseitiger Bebauung, Einfamilienhäuser mit grossen Vorgärten auf der rechten Seite, links Graben und Rain. Karte und Wirklichkeit hatten nichts miteinander zu schaffen aber in seinem Kopf kamen sie zusammen und passten. Ist eine Landkarte ein Bild? Nein, eine hohe Abstraktion, die nicht leicht verstanden wird. Die roten Dächer leuchteten und der Waldrand stand als brennende Wand vor ihm; das wird im nächsten Moment ohne Sonnenstrahl ganz anders sein. Situationen, die nun folgen, hat Martin später in einem Brief an Marlene beschrieben – auf der Suche nach Anerkennung und Verständnis. Marlene las ihn wie eine Bewerbung.

„Ich verzögerte mich wieder, sprang nicht aus dem Wagen, bewunderte nicht Euer Fachwerkhaus mit seinem roten Dach, den Erkern und dem schwarzen Gebälk, das eine Spur zierlicher geschnitten und genau auf die Größe des Hauses und die der Gefache abgestimmt war. Ich wich aus in eine Vorstellung, die kein Tagtraum war, sondern ein Problem: Hat James Joyce Finnegans Wake mit Hilfe einer Formel verschlüsselt, so, dass man die Worte bei Kenntnis der Formel

in einen Text umstellen könnte, bei dem die neuen und alten Worte einen zusammenhängenden Sinn ergeben und nicht nur die Worte auf sich selbst und vielleicht auf ein Geschwisterchen verweisen und Möglichkeiten aufzeigen, die man weiterverfolgen kann? Oder hat sein Kopf unter Zuhilfenahme dessen, was schon drinnen gewesen ist, eine Sinnsphäre geschaffen, die an unseren universalen Sinn nicht anschließbar ist? Oder hat er nur eine Parodie auf alle Erkenntnistheorien ge-schrieben? Man traut sich nicht von Unsinn zu reden, da er nicht das Gegenteil von Sinn ist, sondern selbst Sinn ohne Gegenwert bleibt. Liebe Marlene, Welt und Sinn haben weder Geschwister noch Vater und Mutter.

Der grüne Lattenzaun mit seinen herausgebrochenen Lücken und die Entdeckung einer Pforte, löschten meine Gedanken. Ich stieg aus, beobachtete jetzt genauer noch einmal, was ich schon wahrgenommen hatte, entdeckte die Rhododrongebüsche neben dem Haus, sah das Dach viel röter, als die anderen Dächer und blieb dann, nachdem ich die Pforte passiert hatte, mit den Blicken und dem Körper an den roten und blauen und grünen und gelben Gläsern hängen, die die Haustür als schmales Band umrahmten. Ihretwegen kauft man solch ein Haus. Mein Freund Manfred würde eine Bemerkung zum eigenen Kirchenfenster machen. Ohne Ironie, er hat Sehnsucht nach farbigem Licht vom Rand der Welt.

Mich zogen sie vor die Tür. Ich ging über den sandigen Platz, auf dem nur harte, graue Gräser standen, stieg die Stufen empor und zog an einem Griff unter dem die Aufforderung stand: läuten. Und dort war auch ein Schildchen mit Eurem Namen, den ich schon kannte. Dich konnte ich beleben, Du hattest in meinen Armen gelegen. Ein Hund schlug nicht an. Dann wird es auch kein Försterhaus mehr sein.

Ich trat so weit wie möglich zurück, um der Person, die die Tür öffnen würde, nicht gleich zu nahe zu sein. Nicht alles war schon im Kopf präsent als ich wieder Tür und Umgebung absuchte, in den bunten Gläsern meine Heiterkeit erneuerte

und da auch erst die Briefklappe sah, die sich bewegte. Eine kleine Hand kam heraus, stellte die Klappe senkrecht, und verschwand. Als ich mich hinkniete und hineinschaute, sah ich in die Augen eines Kindes. Das Dreieck: Auge, Auge, Nasenspitze, passte in die Form. Und die Beleuchtung reichte aus, um abzulesen: ich bin neugierig, ich habe keine Angst.
– Hau ab, was willst du?, rief das Kind hinter der Tür.
Entschiedenes und sicheres Auftreten verleihen den Anordnungen des Postens Nachdruck, sagt die Dienstvorschrift. Dein Wächter war gut und sein Eröffnungszug liess mich betroffen ohne Anschluss zurück. Er spielte Schach und ich?
– Ich bin der Wolf und will das siebte Geislein holen.
Das ist kein guter Zug, spielen wir Halma. Und endlich:
– Wie alt bist du? Fünf. – Kannst du schon telefonieren? Nein. – Wo ist dein Papa? – Wir haben keinen Papa. – Hast du noch Geschwister? – Ja. – Wie heißen sie? – Fabian und Betty, Fabian ist schon elf. – Wo sind Fabian und Betty jetzt? In der Schule. – Gehst du nächstes Jahr auch in die Schule? – Weiß nicht, ich habe schon eine Tasche von Fabian. – Wann kommen Fabian und Betty nach Hause? – Weiß nicht.
Der Kerl ermüdete. Jetzt musste ich nur noch wissen, wie die Schule heißt.
– Wie heißt die Schule?
Eine lange Pause begann, mein Knie, mit dem ich auf den Rand des Vorlegers drückte, schmerzte, und ich traute mir keine Bewegung zu. Hatte ich schon einen einzigen Versuch gemacht, in das Haus hineinzukommen? Ich habe auch nichts angefasst. Wenn man weder geduldig noch ungeduldig ist, dann kann man gespannt sein. Ich hatte Schmerzen, nun im ganzen Bein.
– Ehrlich-Käster-Schule, sagte das Kind, das noch keinen Namen für mich und für sich hatte. Auch das noch. Ich wechselte das Knie auf dem Vorleger aus und wollte zu allerletzt fragen, wo denn die Schule liege. Gnadenlos befragen! Wenn ich gewusst hätte, was alles in Erfahrung zu

bringen war, ich hätte die Hand durch den Briefkastenschlitz gesteckt und...
— Deine Mama kann nicht so schnell nach Hause kommen. Also ich hole jetzt deine Geschwister von der Schule ab, wir warten dann zusammen auf die Mama, o.k?
Er antwortete mit o.k. Ein Junge oder ein Mädchen? Ich habe nicht gefragt.
— Du kannst die Klappe wieder zumachen.
Jetzt hätte die Tür aufgehen können. Komm rein, sagt das Kind, meine Mama kommt gleich zurück.
Ich sah Dich in dem hohen Bett am Tropf liegen, hörte ein leises Pling, sah Dein Gesicht unter der Haube, ohne Augen, ohne Mund, eine Blesse im Grün.
Die Schule war leicht zu finden. Immer neue Schilder. Sie lag einsam, weiter hinten; flache Dächer, gelbgrüne Büsche und halbhohe Bäume, eine einzige Fensterfront, Lamellen, davor ein Schulhof, gepflastert und bemalt.
Zum fünften Mal heute drang ich als Fremder ein, machte mir zu schaffen, fragte und sagte aus, erkundete. Auch hier war ich allein und unbekannt.
Meine Schulzeit lag lange hinter mir, ich sah damals wie heute dasselbe: drei Fenster hier, drei Fenster daneben, darüber, darunter und dahinter Tafel und Kreide und eine Stimme. Es hat sich nichts verändert. Das ist alte Moderne, Struktur, weltweit. Nicht ersetzbar.
Die Erinnerung wollte schummeln und auslassen: Ein Fenster, zehn Bänke, darinnen ich und ich und darüber der Lehrer auf der Bank, und der schlug zu, wenn die Antwort nicht kam. Ich habe später an seinem Grab gestanden und wußte nicht, ob ich ihn verfluchen sollte für die Schmerzen und die bleibende Pein der Erniedrigung, oder ihn lobpreisen konnte für die so erworbene Hemmung, anderen etwas zuleide zu tun.
In der Halle hinter den Glastüren verschwand die Gänsehaut auf den Armen. Beinahe hätte ich kehrt gemacht. Der Geruch meiner Schulen fehlte. Ich war in der Fremde.
Meine Vorstellung: ich erzähle die Geschichte, verschaffe mir Legitimation und Sicherheit, bringe die Kinder nach

Hause, mache ihnen etwas zu essen und dann fahren wir ins Krankenhaus zu Dir und holen Dich ab. Wer sollte das sonst machen? Und ich wollte Dich wiedersehen. Wir haben keinen Papa, hatte das Kind hinter der Tür gesagt.

Und ich wusste nicht, wem ich gleich gegenüberstehen würde; dies war keine Polizeistation. Schach spielen... In die Verwaltungsbürokratie feuern... Entschiedenes und sicheres Auftreten... Vielleicht würde man sich hier darüber totlachen.

Sicheres Auftreten, gehüllt in sanfte Schüchternheit, liebenswürdig, aber bestimmt sein, und an den richtigen Stellen offen oder lautlos lachen; ich hatte keine rechte Übung darin. An der Tür stehen die Namen: Wagener und Arndt.

— Mein Name ist Martin Weber... ich erklärte, dass ich Frau Wagener in einer tragischen und dringenden Sache sprechen müsste; sie habe mit zwei Kindern dieser Schule und mit deren Mutter zu tun.

Frau Arndt machte ein Gesicht, das verstehen wollte. Sie nickte, erhob sich rasch und fortstrebend, klopfte kurz an die Tür gegenüber, öffnete, sprach meine Sätze beinahe wörtlich und winkte mich dann an sich vorbei."

Die erste Begegnung mit Frau Wagener sparte Martin in dem Brief an Marlene aus. Er hatte Gründe dafür. Er hatte nur ein paar Unterscheidungen getroffen und auf deren eine Seite hingesehen: eine Frau hinter dem Schreibtisch, ein Gesicht, eine Stirn, ein Mund. Noch bevor sie stand wusste er: ich kenne sie. Kein anderes Nervensystem ist so geeicht, aus ein paar uralten Merkmalen eins und eins zusammenzuzählen: das war Renate. Martin zog im gleichen Moment des Erkennens die Gleichgültigkeitsmiene mit freundlichem Einschlag über das Gesicht. Was für eine Bewegung! Sie ist Figur, hätte seine Grossmutter gesagt.

Sie gaben sich die Hand, nannten ihre Namen und setzten sich. Er sah in ein schönes Gesicht, wandte den Blick nicht von ihren Augen und glaubte zu sehen: sie hat ihn nicht erkannt. Die weiße Bluse blendete er aus. Noch hast du nichts erreicht, jetzt schüchtern lächeln und nicht die Lippen Spitze pfeifen lassen.

Er trug seine Geschichte vor, der Reihe nach, keine Überlegungen, keine Ausschmückungen. Wieder ein Gesicht, das verstand, ohne zu sprechen, nur Interesse, ohne Misstrauen um den Mund herum unter schmal gewordenen Augen. Eine ganz neue Renate. Wenn man könnte, sähe man Wohlwollen; Vertrauen kann man nie sehen. Sie braucht nicht zu wissen, dass er sie und ihre Vergangenheit kennt; die Frau muss vor ihrer Entscheidung unbelastet bleiben.

Das alles, bevor er zum Schluss kam und seine Vorstellung mitteilte, mit den Kindern nach Hause zu fahren, sie zu versorgen, Angehörige aufzutreiben, die Mutter zu besuchen. Als er dann Name und Vornamen der Mutter aussprach und damit seine noch nicht gewonnene Gönnerin zum ersten Mal in die Lage brachte, den Gesamtzusammenhang zu verstehen, machte ihr Gesicht mehrere Verwandlungen durch: die Stirn bildete kurz eine Falte, senkrecht, die Augenlider bewegten sich aufeinander zu und machten dann weit auf, der Mund wurde geschlossen, wurde schmal durch den Druck der Lippen, die sich einzogen und dann weit auseinander gingen. Sie beeindruckte ihn ebenso wie sich selbst. Ihn liess dieses Spiel im Gesicht nicht los. Er streifte darüber hin. Die Informationen abwischen, nicht erbohren. Das Gesicht entschied sich. Kein Berühren mehr mit den Augenblicken!

Aber wohin konnte er genauer sehen? Nicht auf die Brüste, besser auf die Hände, mit denen sie spielte oder rang. Weißer Lack, die Fingerspitzen nun zusammengelegt, blaue Monde. Er wandte nicht den Kopf, drehte nur die Augen auf ein Bild neben dem Fenster; fünfunddreißig farbige Quadrate, jedes so groß wie vier Streichholzschachteln, ungefähr; einfacher, ganz einfacher Klee. ... sie sieht jetzt bestimmt, wohin ich sehe und forscht in meiner Miene herum.

Er sah zu sicher aus, seine Erwartungen standen mit hoher Konzentration in seinen Zügen: geh hin und nimm die Kinder, morgen ist Schule, wie immer.

Konnte man die Quadrate in eine andere Ordnung bringen, hatten sie überhaupt eine Ordnung? Kann ein Maler jede Ordnung vermeiden? Sie bemerkte, dass er sie nicht mehr ansah. Die Bewegungen der Finger, die er wahrnehmen konnte, obwohl er das Bild fixierte, hörten auf.
Das Mysterium der Entscheidung ist lautlos und unsichtbar. Eingreifen konnte er nun nicht mehr. Er würde durch Gerede nur eine günstige Wendung zerstören.
Zurück mit den Blicken auf die Hände! Die Entscheidung war getroffen, die Hände lagen einfach da, sie sprachen schon, als sich die Innenflächen nach außen wölbten. Die Augen sahen die Hände; die Gedanken waren noch bei dem Bild und er sagte auf einmal:
— Ich denke, dass der Maler in dem Bild versucht hat, jede Ordnung der Farben in den stark geometrisch geordneten Quadraten zu vermeiden.
Renate, die Leiterin, nahm die Hände von der Schreibunterlage und stieß sich mit den Füßen nach rückwärts ab, rollte zum Fenster, drehte sich aber nicht zum Bild um. Sie sah ihn unmittelbar an und stellte ihre Mienen im Schatten des hellen Fensters in eine freundliche und lockere Kombination, und als er weitermachen wollte mit seinen Ordnungproblemen unterbrach sie ihn:
— Sie haben jetzt andere Sorgen. Ich lasse die Kinder holen, sie sollen mitentscheiden. Vielleicht gibt es auch Verwandte, Väter muss es auch geben.
Sie rief ihre Anweisungen mit einer Stimme voller Härte. Sie würde immer Gránada sagen, mit rollendem „r", auf der ersten Silbe betont und niemals die Melodie anklingen lassen, die mit dem Wort verbunden ist. Der Schrecken erfasste ihn nicht, das Gesicht in seinen Wandlungen und die weiße Bluse glichen alles aus und außerdem hatte er schon einen besonderen Gedanken: sie hat nicht gesagt, das sei eine schwierige Entscheidung, da müssen wir mal sehen. Ihre Stimme erschliesst: schwarze Haare auf den Warzenhöfen, mehr nicht, ihre Worte vermitteln Ordnung.

Als sie ihm die Hand gab wurde das für stumme Miene geschminkte Gesicht für eine Sekunde ein Obermeer aus Lieblichkeiten, in dessen Augenspiel er, ohne es gleich zu wissen, beider Sehnsüchte und Hoffnungen erkannte.

Aus den winzigen Bewegungen des Gesichts heraus der Blitz mit Einschlag, den er nur hinnahm und erst Minuten später erinnerte und dann immer wieder als Bilderfolge erlebte. So etwas kann nur Leben hervorbringen, niemals die Leinwand des Malers und lädt er sie noch so intensiv mit Linie und Farbe auf. Kino kann es vielleicht, aber nicht ohne einen Martin, der seine Neuronen auf Bewusstsein hin arbeiten lässt.

– Danke, sagte Martin und brachte den Kopf aus den Linien des Sujets.

Im Brief an Marlene ging es dann weiter: *"Renate übergab mir die Kinder mit einem Zeichen. Die Worte für sie musste ich erfinden: Eure Mutter liegt im Krankenhaus, der Bruder ist alleine, ich bin jetzt eure Mutter, es geht nicht anders, sollen wir Spaghetti mit Tomatensauce kochen?*

Renate bot mir eine Tasse Kaffee an und liess mich mit Frau Arndt allein. Ich probierte an meinen Worten den Kindern gegenüber herum und hatte nichts vom Kaffee, da ich ihn nicht wahrnahm. Er drang weder mit Duft noch mit Geschmack herein, alle Plätze waren schon von den Kindern besetzt. Warum hilft sie mir nicht? Sie schont dich, du bist entlastet von ihren Blicken und den unsichtbaren Gedanken.

Frau Arndt, im blauen Rock und brauner Bluse, die nicht zur Farbe des Rockes passte, munterte mich auf. Sie hatte die Lage verstanden.

Und ich beschäftigte mich ausserhalb der Plätze, die die Kinder hielten, mit Rock und Kittel, verschob zunehmend die Gedanken zu dem was ich den Kindern sagen musste, über einen Rand, und nahm dann wieder einen Schluck Kaffee, der nun mit seinem schlechten Geschmack, den aber mein ausgetrockneter Mund verursachte, den Gedanken hinterher stürzte.

Die Kinder kamen herein, Fabian blond mit Wuschelkopf, sicher, Betty dunkler, vorsichtiger, beide neugierig ohne Angst. Ich sah dann nur noch ihre Augen und konnte nicht aufhören, genau hineinzusehen, ohne sie anzustieren. Mit einem Lachen verengte ich meine Augen und verwischte so das Starre des Dauerblicks, den Betty aushielt und auf ihre Weise erwiderte.

Ich stand auf, liess die Beiden sich nebeneinander auf den Sesselrand setzen, kniete mich hin und sagte vielleicht das Richtige. Dass Frau Wagner erlaubt habe, sie nach Hause mitzunehmen und den Bruder zu erlösen rundete meine Ansprache ab. Bei den Kindern gab es keine Reaktion; ich forschte; ich war sehr aufmerksam; ich sah nichts.

– Wir machen Mittagessen und fahren dann die Mama besuchen, vielleicht kann sie auch schon wieder mit nach Hause kommen.

Als ich die Türklinke hörte, nickten Fabian und Betty. Sie kam heraus, genau im rechten Augenblick, begrüsste die Kinder mit der harten Stimme.

– Nun wird es aber Zeit, dass ihr wegkommt, der Niki wird schon anfangen, zu schlucken.

Woher kannte sie den Namen des kleinen Bruders?

Wir standen auf. Der Druck auf die Knie war wieder zum Schmerz geworden. Ich beschloss zwischendurch, nun nie wieder zu knien und dachte mir noch eine Bemerkung aus, die Renate hätte machen können, als sie mich in ihrer Tür vor den Kindern sah.

– Auf Wiedersehen, danke, gute Tage, ich melde mich... und zu Fabian und Betty gewandt:

— das Auto steht auf dem Parkplatz, ein grauer Honda-Kombi.

Betty und Fabian gingen neben mir über den Schulhof. Der war mit Kreidebildern ausgemalt, die sich verwaschen und neu übereinander schoben. Das Thema Stadt vereinte sie alle und so liefen wir über Strassen und Dächer und einmal achtete ich darauf, nicht gegen einen Schornstein zu treten.

– Das Haus hat Ingo gemalt, der kann das so gut, sagte Betty.

Wir gingen durch ein Stadttor hinaus, über dem Turm kreiste ein Taubenschwarm. Die Tiere waren mit einer Schablone gemalt und so verfehlte der Künstler den Eindruck einer unglaublich komplizierten und dennoch so präzisen Abstimmung, die jedes Tier mit den es umgebenden Gefährten traf. Der Taubenschwarm geht in eine Steilkurve nach oben, die weissen Flügelunterseiten leuchten auf vor dem Himmelsblau, und wenn er für eine Sekunde mit dem Flügelschlag aufhört, wachsen sie für Momente wie eine Welle aus dem Schwarm heraus, bevor er die Richtung ändert und sich auf einen Landeplatz mit bremsenden Flügelschlägen herabstürzt. Jedes Tier hat jederzeit eine etwas andere Silhouette. Als wir über die Kreidetauben hinweggingen, waren diese Gedanken schon zu Ende. Sie laufen, vorgefertigt irgendwann, als blitzschnell erschienene Wellen durch die Köpfe, auch wenn wir am selben Fleck stehen. Ich ging in die Knie und watschelte einige Schritte bis es weh tat. Dabei blickte ich mich um: der Taubenschwarm blieb wo er war, Rauch stieg aus dem Schornstein. Nach vorne sah ich Autos in Reihe aber keine Autodächer.

— Was machst du da?

Dann ging ich ordentlich weiter, ohne auf Bettys Frage zu antworten. Ich beobachtete Fabian, der so aussah, als hätte er meinen Entengang zwar bemerkt, aber zugleich beschlossen, nichts dazu zu sagen. Ich dirigierte die Kinder zum Wagen.

—Wir dürfen nicht ohne Sicherheitsgurte fahren!

—Wir müssen eine Kindersicherung haben.

Es war Fabian, der seine Schwester auf die besonderen Umstände der neuen Lage hinwies. Ich brauchte nicht zu reden. Fabian sah Lösungen, nicht Hindernisse. Ich sagte dann:

— Nicki wartet auf uns, er ist bestimmt nicht daran gewöhnt, alleine zu Hause zu sein. Ich habe seine Hand gesehen, als er die Briefkastenklappe von innen aufstellte. Und ich habe dann in seine Augen gesehen, ziemlich cool.

— Jetzt bestimmt nicht mehr, sagte Betty. Sie richtete sich mit Gurt und einer Decke zur Erhöhung des Sitzes ein. Sie

brauchte eine Weile, bis sie verstanden hatte, wie diese Art Anschnallerei funktionierte und warum da eine Decke sein musste. Ich sprach, wie man früher Telegramme abfasste. Das hatte einen anderen Klang, als sie es gewohnt waren und vielleicht erregte es auch ihre Aufmerksamkeit so, dass sie eigene Gedanken und Taten zu dem Problem ohne Gerede herstellen konnten. Als es klick machte, hatte sie alles fertiggebracht und konnte ihre Nikigedanken fortsetzen.
— Niki hat nie Angst, doch, warte, wenn der Schornsteinfeger kommt.
— Vor dem hatte ich auch Angst.
— Zeigt mir bitte den richtigen Weg nach Hause!
Fabian neben mir, ohne Decke und ganz aufgerichtet, war gefangen von seiner neuen Lage und machte mit Anstrengungen am Beginn alles richtig. Betty widersprach nicht und redete ihm auch nicht einfach drein, und als sich Fabian dann einmal im Strassennamen irrte, gab es keine zähe Zankerei. Ich konnte Betty im Rückspiegel sehen, sie hörte zu. Fabian mixte Erklärungen und Geschichte. Und jetzt immer geradeaus. Diese Straße, den Ahornweg, kannte ich schon; rechts der nasse Graben, links die Häuser mit den roten Dächern. Am Graben war das Gras noch grün, ich schleppte Dich als Nixe aus dem Wasser.
— Der Schulbus hält hier immer, dann gehen wir so nach Hause.
— Manchmal fährt uns auch die Mamma in die Schule.
— Sagt ihr Mutti oder Mamma? Beide zugleich: — Mama, und sie summten die Mitlaute, als ob sie ganz dicht bei der Mama wären."

4

Mittagessen

Sie rollten über die Lichtung vor das Tor. Fabian stieg aus, machte die Torflügel auf und winkte den Wagen herein. Die Briefklappe ging auf. Martin schloss den Wagen ab. Sie hörten Nikis Stimme:
— Kommt ihr endlich.
Die Kraft, eine richtige Frage daraus zu machen, hatte er nicht mehr. Nie wieder cool. Fabian holte einen Schlüssel aus der Schultasche.

Der Hausflur wurde von den bunten Scheiben der Tür und einem Oberlicht über ihr beleuchtet. Niki baute sich vor Martin auf. Martin kniete sich unter Schmerzen hin. Sie prüften. Warum kniet der Mann hier? Ich bin Martin, du hast graue Katzenaugen. Fehler! Nie wieder knien, immer von oben, aber nicht direkt. Die Augen sind meine Augen, müsste er sagen, die Katze hat gelbe.

Martin stand auf, zog seine Jacke aus. Fabian zeigte auf einen freien Haken. Wer löst nun die Lage auf? Zeigt ihr mir euer Haus? Der Versuch gelang. Fabian öffnete eine Tür, an der Mäntel und Jacken hingen und machte Licht.

Eine Küche, was sollten die Kinder erklären? Küchen erklären sich selbst. Schachbrettboden, schwarz-weiss, diagonal verlegt, eine Spüle aus Stein, ein Tisch neben dem Herd, Schlüssel in den Schranktüren. Unter dem blanken Fenster der Resopaltisch, vier Stühle, und links ein riesiges brummendes Gerät aus weissem Stahl: ein amerikanischer Kühlschrank, in Holland umgebaut für Europa, links Gefrierteil mit Display…

Betty hatte seinen Blick gesehen und gedeutet: Der Mann kennt sich mit dem Ding, das ihr nicht geheuer war, aus.

Der Stuhl, den er sich vom Tisch weg herumdrehte, war so gebaut, dass man lange darauf sitzen konnte ohne

Rückenschmerzen und einen kalten Po zu bekommen. Die Tür, durch die sie hereingekommen waren, setzte sich in Bewegung, als Fabian eine andere Tür öffnete, die zu einem keinen Anbau aus Stahlstreben und Glas führte.

Zu Viert endet der Morgen in einer Uraltküche, gleich wird die Tür zufallen und dann werden sie festsitzen und versuchen ins Glashaus zu flüchten, in dem es heller war. Niemand wusste so recht weiter. Jetzt müsste es nur noch dunkel werden.

– Das Haus zeigen…, schnell geht es hier nicht zu.
Die wenigen Sekunden der Verzögerung dehnten sich so lang weil nicht der Körper zu einem Ziel hin strebte, sondern ruhte und nur die Wahrnehmungen der Bestandsaufnahme unterwegs waren, aber ständig von den Geschichten, die an allen Gegenständen hingen uferlos ausgeweitet werden konnten: Der Kühlschrank und das Glashaus allein waren ein Buch in Martins Vorstellungen und Bildern.

– Setzt euch bitte an den Tisch, wir spielen Begrüssung, sagte er sanft. Martin probierte Schritte und Handgriffe aus, nahm Gläser von einem Bord und eine Tüte Saft aus dem Kühlschrank, hielt dort inne: Soll ich eine Hymne auf dieses Aggregat singen, die Kinder stolz machen; links einfrieren, rechts kühlen in Mengen für eine halbe Schulklasse, Eis in Würfeln und Stückchen in Mengen auf Knopfdruck und kaltes Wasser extra.

Er liess die Eiswürfel aus der rumpelnden Maschine in die Gläser klirren und erwartete: – wir dürfen kein Eis. Keine Diskussion, er blieb der Eismann, von dem anderes zu erwarten war als von der Mama. Sie waren der Bitte, die ein getarnter Befehl war, ohne Gerangel gefolgt. Martin verteilte die Gläser, der Apfelsaft schoss in Nikis Glas und ein grosser Schluck ging über Bord weil er den Druck auf die weiche Tüte nicht so schnell zurücknehmen konnte.

– Das macht Mama auch immer, meinte Betty.

– Ihr könnt ruhig lachen, wo gibt es einen Lappen.
Mit dem Messer, das er sich von einer Leiste über dem Herd holte, stiess er in die Pappe gegenüber der Öffnung und

drehte es einmal herum, füllte die übrigen Gläser ohne einen Tropfen zu verplempern und versagte sich einen Rundblick in die aufleuchtenden Gesichter. Fabian beschaffte einen Lappen.

— Prost! Ich wünsche euch, dass die Mama schnell gesund wird und nach Hause kommen kann, Niki, du weisst das alles noch nicht, also...

Er erzählte ein wenig und machte dann einen Vorschlag, wie es hier weitergehen könnte: Essen kochen, zeigt mir alles, was ihr in der Küche kennt, Schularbeiten machen, im Krankenhaus anrufen, vielleicht hinfahren, einen Gang durch den Wald ...

Eine Ratlosigkeit in den Gesichtern blieb; immer wieder Schlucken mit schmalen, nach unten gezogenen Lippen. Zeichen, nicht Worte. Augen und Muskeln können nicht reden. Sie können nur Formen annehmen, die man vielleicht deuten kann, weil sie schon einen Namen haben, den man kennt.

Und ihre stillen Augen betrachteten nur den Mann, sahen auf seinen Mund und auf die Hand, die mit dem Messer zugestoßen hatte.

Sie tranken, jeder stellte sein Glas mit einem anderen Laut auf die Platte zurück, Niki holte tief Luft. Jetzt war Martin wieder dran mit einer Runde durch die Gesichter der Kinder: nur nicht scharf stellen und mustern, aber auch keinem Blick ausweichen; die Erwartungen aus dem eigenen Gesicht funkeln lassen, nicht alle auf einmal. Die Drei blickten offen zurück: du bist immer noch dran, wir halten erst mal still.

Der Kühlschrank brummte lauter, und die Gläser auf der Kunstharzplatte vibrierten.

Nun kannte er weder die eigenen Erwartungen so wie man seine Fingernägel kennt, noch die der Kinder; doch, er hatte gelesen. Aber diese Lage hier war keine Buchseite. Eisern vermied er die Falle, die doch niemals zuschnappt.

Es sitzt ein grosser fremder Mann am Tisch, der bestimmt nicht die Zicklein holen will, trinkt Apfelsaft und sticht mit einem Messer in die Tüte und dann fliesst der Saft ganz genau in die Gläser. Sie reissen die Augen auf. Was hat Niki durch die Briefklappe gesagt? Wir haben keinen Papa.

Das Schweigen und das Nachdenken, das die glatten Stirnen in Falten legte, kaum merklich bei den Kindern, dauerte zu lange. Kann die Zeit so klebrig haften und uns so zittrig machen? Ja, wenn sie reine Gegenwart wird und alles im Moment des Jetzt liegt. Irgend etwas bereitet sich in den Tiefen des Körpers vor, dort, wohin kein Bewusstsein gelangt; ich muss es aufspüren und deuten, ohne Magie.

— Was kochen wir? Damit waren alle Lagen innen und aussen beendet. Martin träumte Spaghetti, er wollte das Wort auf den glatten Kinderstirnen lesen. Die Gesichter der Kinder blieben leer. Nicht ein Wort.

— Also Spagetti, ihr sucht uns alles zusammen, ihr wisst was dazugehört. Ihr kennt euch aus. Legt einfach alles auf den Tisch, was da ist, ich suche die Töpfe und Pfannen.

— Aber wir dürfen nicht an den Kühlschrank! Niki hielt die Moral hoch.

— Sei doch still.

Sie fingen nicht sofort an. Martin zählte geduldig ihre Schaltsekunden. Den halben Tag hatte er in Lagen verbracht, die im voraus mit Überlegungen, Probegefühlen und Plänen nicht zu fassen, ja nicht einmal zu ahnen waren. In dieser Küche mit fremden Kindern und dem Wort Spaghetti, das nur einmal ausgesprochen war, begann für ihn ein Stück Routine wie Autofahren, und für die Kinder startete ein Reich der Freiheit in dem sie zeigen konnten, was sie wussten und aushielten.

Er beobachtete ihre Entdeckungen in der ihnen unbekannten und unerlaubten Küche, musterte die Sachen, die sie hinlegten, war erstaunt über die sachliche Verständigung zwischen den Dreien. Ein erfahrener Zuschauer hätte sehen können: Sie imitieren bereits diesen fremden Mann. Sie versuchten nicht, Niki hinter die dritte Tür in die Speisekammer zu locken und einzusperren.

Er stand endlich auf und untersuchte den Zugang zum Glashäuschen. Noch eine Tür mit blauen und grünen Gläsern. Die Treppe führte in den Garten. Dahlien. Kleine Blüten, alte Sorten. Sie waren noch nicht erfroren wie bei ihm zu Hause.

Auf den ersten Blick erkannte er nicht, was die Kinder zusammentrugen und auf den Tisch neben dem Herd legten. Ich habe vorhin einen Gasherd gesehen, passend zu der alten Einrichtung, dies ist ein Ceranfeld mit Knebeln oben auf der rechten Seite. Martin ging über die Täuschung ohne Aufregung hinweg. Der erste Eindruck – uralte Küche – wird fehlerhaft komplettiert. Er brauchte zwei Blicke für die Nudeln im Zeitungspapier und die Knülltube ohne Aufdruck, in der vielleicht Tomatenmark vertrocknete. Der bunte Speck sah aus wie gekocht. Nur die grosse Dose mit den leuchtenden Tomaten auf der Banderole war eindeutig.
Sein Ausruf: Was ist das denn? unterblieb, und später schwor er mit gutem Gewissen, dass er keine Rückschlüsse auf die Mutter gezogen hatte.
— Wer weiss, wo Zwiebeln sind? — Ich geh mal in den Keller. — Ich gehe mit. — Ich auch.
Martin sah hinterher, hörte eine Tür in alten Angeln und das Geräusch eines Drehschalters.

Als die Kinder verschwunden waren, rückte er an dem brummenden schweren Gerät herum. An genau einer Stelle wurde die Resonanzbrücke unterbrochen.

In der Schublade des uralten Küchentischs, lag obenauf ein Büchsenöffner, den er über den Knopf mit einem Messerknauf, nicht mit der Hand, in das Blech schlug. Die Kinder brauchten das nicht zu sehen, der Stich in die Papptüte war genug. Mit dem Messer schnitt er gleich in der Dose die Tomaten in Stücke und entfernte ein paar grüne Stielansätze. Den Rest Tomatenmark, das gut war, drückte er in die Dose und leckte sich dann noch einmal den Finger ab mit dem er das Mark probiert hatte. Disziplin, bleibe!, er hätte am liebsten den ganzen Rest aus der Tube gesogen.

Als die Kinder schnaufend aus dem Keller kamen, jedes mit einem Bund Zwiebeln in der Hand, schnitt er gerade den Speck in Würfel. Er musste ein Stückchen vom roten Fleischstreifen abtrennen und in den Mund stecken. Salzig, mit guten Erinnerungen, die als Zugabe über den Hintergrund der Bühne, die es nicht gab, glitten. Die Melodie, die er zugleich hörte, beschrieb seine Gefühle. Es war nicht sein ureigener Gedanke, aber er vollzog ihn nach und meinte, das zu erleben, was er aussagte: Musik begleitet und inspiriert nicht die Gedanken, Musik inspiriert die Gefühle und die wiederum stabilisieren die Musik. Wie ungeheuer komplex: die Kombination aus Rhythmen, Melodien und Harmonien. Ist das die Funktion von Musik, ist damit die Sinnfrage erledigt? Aber ich, ich brauche auch noch Text, sinnhafte Sprache... we married in a fever.

— Ich auch, sagten sie beinahe zugleich und Finger griffen ins Messer. Martin schob Messer, Speck und Brett an die Wand, machte ein paar Zeichen, stellte sie in Reihe auf und und begann dann die Mäuler zu stopfen. Sie waren mit ganz kleinen Brocken zufrieden.

Dann legten sie ihre Zwiebelbündel auf den Tisch, grosse und kleine, mit einer blauweissen Schnur an den trockenen Schlotten zusammengehalten. Martin sah aus dem Fenster, sah den Garten, das Beet... Die Anschauung mit den Vorstellungen löste sich auf als er:

— Weltklasse! sagen musste.

— Weinst du nicht von den Zwiebeln? — Ich habe eine Brille auf, die schützt und ich halte meine Augen nicht über das Brett, so.

Bettys Frage liess ihn nach dem Schalter für das Gebläse über dem Herd suchen.

—Fabian, kannst du das Gebläse einschalten?

Der war bei dem Wort Gebläse schon am Druckknopf. Laut, viel zu laut, setzte das Brausen ein. Diesmal sagte Martin:

— Super!

Dann machte er weiter, halbierte die abgeschälten Zwiebel und begann zu schulmeistern:

—Wie schneidet man sie elegant und schnell in kleine Würfelchen? Die Leute wissen es nicht genau, hier wird das Problem gelöst. Erst so, von oben nach unten, dann so.

Er schob das Messer flach zweimal in die Zwiebel.

— Und dann wieder der Reihe nach von oben nach unten. Seht, lauter kleine Würfel und keine Tränen.

— Wer möchte noch Speck?
Er streute sich zu seinem Stück Zwiebelstückchen in den Mund. Es gab keine Kommentare.
— Wenn alles gebraten ist, probieren wir noch mal. Wo habt ihr einen grossen Topf? Halb voll Wasser machen, auf die grösste Platte stellen und den richtigen Knebel auf zwölf drehen.
Niki hatte sich einen Stuhl geholt und stand jetzt geradezu über ihnen, sagte aber nichts. Betty und Fabian versorgten den Topf und Martin, der seine Belehrungen vom Zwiebelschneiden im Ohr hatte, zeigte ihnen das Schema der Knebel und Betty drehte richtig auf zwölf.
Als er die Tomaten in das heisse Speck-Zwiebelgemisch schüttete, entstand eine Dampfwolke, die unter der Haube hervorquoll und alle hinter den Stuhl auf dem Niki Ausschau hielt, zurücktreten liess.
— Salz ins Nudelwasser, Deckel drauf!
Er wollte immer weitersprechen, als könnte er die unsichere Lage mit Worten verdichten. Nun demonstrierte er mit seinen Bewegungen. Wer weiss, wann die Kinder hier alleine vor den Platten stehen werden müssen. Keine Kochschule für Waisenkinder. Auch die Kinder schwiegen. Er dachte sie als Einheit, mit einem Blick übersah er drei. Niki auf dem Stuhl balancierte vorsichtig und hampelte nicht herum, Betty, mit den Haaren ihrer Mutter, die ein wenig aussahen wie die trockenen Zwiebelbündel, Fabian, immer in Bewegung. Martin kannte auf Distanz gehaltene Enkelkinder, die mit Ansprüchen, Forderungen, Naseweisheiten und Meckereien die Welt eroberten.
Ein Protest entstand, als er nur die Hälfte der Nudeln ins Wasser werfen wollte und so tat als müsse der Rest gut für morgen aufgehoben werden. Sie erkannten den Sachverhalt. Aber nicht seinen Test. Sie hatten Hunger. Abschmecken!
— Wir brauchen Salz und Pfeffer, Thymian.
Er verstreicht auf einem kalten Teller die Sauce und lässt probieren, er sucht Gewürze in den Schränken, sie fütterten Niki auf dem Stuhl. Martin trat ans Fenster, löste den Vorreiber

und stiess es auf, lehnte sich hinaus mit scharfen Blicken in den Garten: dort war nichts zu sehen.
— Das Kräuterbeet ist auf der anderen Seite, sagte Fabian neben ihm.
— Hol etwas Thymian.
Martin nahm die Brieftasche aus der Jacke, die er über den Küchenstuhl gehängt hatte und legte einen Einkaufszettel an. Er prüfte die Pfanne, den Nudeltopf und die Knebel und fragte dann, als Fabian mit Zweig und Duft zurück war: Was wollen wir essen, was müssen wir einkaufen? Sie zögerten und dann prasselte ein Wunschkonzert los, das Martin nicht bewältigen konnte. Er beteiligte sich als Dirigent und Trompeter. Bei Gänsebraten sah er Betty an, streifte Fabians Hände und dann gingen alle vagen Vorstellungen zusammen mit den Bildern der Realität in Rauch auf.
— Wir kochen jetzt richtig, ohne Mama, rief Niki, der vom Stuhl gesprungen war. Den Satz konnte Martin verstehen aber nicht deuten.
— Kennt ihr Kartoffelsalat?
— Ich war mal auf einem Geburtstag, da gab es richtigen Kartoffelsalat. Sie sprach mit Betonung, aber daraus ergab sich nicht, was mit dem Wort richtig gemeint war. Gibt es auch falschen Kartoffelsalat? Er verkniff sich die Frage.
Martin kontrollierte wieder den Herd, setzte sich dann an den Tisch und schrieb mit kleiner Schrift. Hier fehlte viel, es gab keinen Vorrat, wohl nur die Zwiebeln im Keller und das, was noch im Garten stand. Seinen Vortrag über Vorratshaltung in einem Haushalt mit drei Kindern arbeitete er nicht aus. Wie macht die Frau das hier? Ist es eine Demonstration, Spinnerei, Versagen? Es gab keine Erklärung, erst recht nicht für das Verhalten dieser drei Musterkinder. Oder hatte er sie mit seinem Verhalten nur in Erstaunen versetzt und für eine Weile still gestellt? Das Geheimnis dieser Kinder kann nicht in diesem Haushalt liegen. Marlenes Gesicht mit geschlossenen Augen gab keine Antwort.
Das Nudelwasser stieg in Blasen aus dem Topf und verbreitete eine heisse Dampfwolke.

— Fabian, volle Pulle! Bis fünfzig und dann abstellen.
— Endlich, sagte Betty.
Die Tomatensauce machte einmal blubb und ein Spritzer traf Martin unter dem Auge. Die Kinder merkten nicht, dass er sich eine Träne abwischte, die mit Tomatensaft vermischt war.

Fabian zählte, Martin stellte die Pfanne auf den Resopaltisch hinüber, Niki sprang vom Stuhl und schob ihn an den Tisch, Betty schaute in den nun brodelnden Nudeltopf aus dem weisse Dampfwolken gegen das Gebläse flogen und fortgeschafft wurden. Er breitete die Arme aus und schob Betty und Fabian aus dem Dampf. Nun hatte er auch sie berührt. Sie folgten, dann brach Fabian aus und stellte das Gebläse ab.

Sie konnten nun leiser sprechen, seine Stimme drang nicht mehr wie die des wütenden Wolfs nach draussen. Mit einer Gabel schleuderte er aus Topf und Dampf ein paar Nudeln auf den Tisch:
— Heiss, nicht gleich anfassen, flüsterte er in die erschrockenen Gesichter.

Jeder erhielt seine abgekühlte Schlange zum Probieren. Übereinstimmung: noch einmal drei Minuten sprudelnd mit Gebläse. Martin zeigte den Wecker herum.
— Ich brauche ein Sieb zum Abgiessen und der Tisch muss gedeckt werden. Tiefe Teller, Gabel und Löffel, Gläser haben wir schon, und Servietten.

Niki fragte: — Was sind Servietten?
Er sprach das Wort genau so aus wie Martin. Der kleine Kerl ist nicht vor dem Fernseher klein geblieben, der hört genau hin und imitiert. Und laut:
— Tücher aus Stoff oder Papier, wenn man kleckert, geht nichts aufs T-Shirt und sie brauchen nicht so oft gewaschen zu werden. Man kann sich auch den Mund damit abwischen, wenn die Tomatensauce bis zur Nasenspitze reicht.
— Brauchen wir nicht, stellte Niki fest. Und das klang wie ein gelehrtes Urteil nach sorgfältiger Abwägung.

Betty und Fabian deckten den Tisch mit stummer Hingabe. Sie konnten es und machten es gut. Martin war so sehr durch die unauffällige Beobachtung der Beiden in Anspruch genommen, dass er den Wecker nicht klingeln hörte. Ein Sieb oder einen Durchschlag fand sich nicht. Vier Köpfe rechneten am Problem. Was für eine Aufmerksamkeit.

Martin probierte alle Improvisationen, kam zu keinem Entschluss und wich aus. Er konnte es nicht lassen:
— Ich habe mal einen Film gesehen, da goss der Mann die Nudeln einfach über einen Tennisschläger.
Keine Resonanz. Seine Konstruktion aus Küchentuch, Topflappen und Deckelspalt funktionierte. Der Dampf verbrühte ein Handgelenk leicht, er liess sich den Schmerz nicht anmerken und brachte es zu Ende. Nun hatten sie weiche Nudeln, nicht die mit dem Biss, die in den Kochbüchern überliefert werden.

Die Kinder hatten geschwiegen, keine Besserwisserei aber Anteilnahme. Sie sassen am Tisch, Niki mit aufgestelltem Besteck in den Fäusten, und warteten auf die Verteilung. Martin war dankbar für ihr Schweigen. Für Sekunden betrachteten sie sich gegenseitig, so wie beim Anstossen mit den Gläsern. Er lachte ein wenig, aber nicht in ihre Gesichter und Augen hinein.

Wir haben einen weissen und einen roten Schatz. Der weisse schwimmt noch in etwas Wasser, dafür klebt er nicht zusammen.

Seine Dichtung wurde überhört. Sie waren nur Augen ohne Gehör und Stimme. Niki kam nicht zurecht. Martin nahm ihm den Teller fort und zerteilte die Portion mit langsamen Schnitten, der Löffel glitt an der Gabel entlang.

— Essbar? gut? Lasst es euch schmecken, sagte er endlich. Und während er, die Linke neben dem Teller, nicht am Löffel und nicht unter dem Tisch wie bei Karl, mit der Gabel allein ein Schlangenknäuel durch die rote Sauce drehte, wollte es ihm nicht gelingen, eine Ordnung in die Zusammenhänge von Wirklichkeit und Realität, Täuschung und Wahrheit und Gegenwart und Vergangenheit zu bringen. Es ordnete sich von allein. Erst die Musik, dann das blaue Wägelchen, meine Zeit und Wirklichkeit, an die der anderen komme ich nicht heran…

Er sonderte die Gedanken aus und tauschte sie gegen Beobachtungen und Empfindungen ein. Er wollte anwesend sein. Angenehm war diese Stille ohne Geschwätz.

Martin sah unauffällig in die Runde, er suchte Eindrücke und wollte die Augen aussparen. Sie sollten nicht merken, dass sie beobachtet wurden, verharrte nur kurz bei jeder Gestalt. Niki mit dem Löffel, das Gesicht über dem Teller, Betty, die Zunge zwischen den Lippen drehte im Teller einen viel zu grossen Klumpen, Fabian pustete auf einen Bissen, der ohne Überhänge auf der Gabel lag.

Natürlich bemerkten sie die Musterung. Sie haben dieses Radar, das ihnen völlig zuverlässig zuarbeitet, für Martin aber nicht durchschaubar ist. Eine brauchbare Gegenwart musste konstant gehalten, drohende, gewünschte, möglichst auch plötzliche und zufällige Änderungen, lernend oder nicht lernend, bewältigt werden. Genau das war in den Gesichtern nicht zu lesen, auch nicht, als Betty bemerkte, dass ich Fabian ansah und ihm signalisierte, dass er beobachtet wurde.

Ihnen entging nichts, was für sie, eben für sie, von Bedeutung war und das konnte vollkommen von dem abweichen, was Martin erwartete. Wie soll das hier weitergehen? Wer hält den Alltag ohne die Mutter in gang? Drei waren es, die nicht einfach zu einem gemacht werden konnten, nur weil er zu wenig Wissen und Kapazität hatte. Martin sorgte sich bei den letzten Bissen.

Die Kinder schonten ihn, sie könnten hier ganz andere Anspruchs- und Widerstandsvorstellungen geben. Ohne Warnung war er bei Überlegungen: wie komme ich hier wieder raus, wie kann ich mich verdrücken, soll es so intensiv den ganzen Tag weitergehen? Ich will zurück in meine Lage, ich will mich hier nicht anpassen, auch nicht vorübergehend. Noch einmal ein Blick über die Kinder, drei, genau zu unterscheiden: keine dummen Fragen, keine Ängste, keine Besserwisserei, keine Sprüche aus kiloschweren Weisheiten; still, wohlwollend, ein wenig fasziniert. Martin schonte sie ja auch: keine Ausfragerei, keine Forderungen samt billigen Belehrungen, ohne harte und weiche Ironien. Ab und zu eine Überraschung, Neues, das interessant sein konnte.

Er sah nun genauer zu, suchte mit einem Lächeln in Bettys Zügen die der Mutter. Was für eine Frau muss das sein: fährt einfach von der Strasse, liegt unverletzt im Wald, hängt stumm in seinen Armen. Und hat solche Kinder hervorgebracht! Und hat sie verlassen! Niki ohne Ahnung und Weisung, die Grossen genauso. Soll ich doch genauer fragen?

— Was gibt es zum Nachtisch? Pudding, Kompott aus dem Keller?

Er durchsuchte Schränke und Schubladen, diskret, ohne Aufwand, brachte Milch auf den Herd, rührte Pulver an, goss alles in die heisse Milch und schlug mit dem Schneebesen, unterstützt von Nikis Hand, bis zum ersten Blubb. Er versprach sich den Pudding selbst, angeregt von dem Vanilleduft des Pulvers, in Erwartung der gelben, heissen Masse, die nicht zu Kopfe steigt, die über die Zunge, den Gaumen in den Bauch gelangt und dort den immer stärker werdenden Druck erwärmt und auflöst und das Herz ein wenig anders schlagen lässt. Ich werde ihnen beibringen, wie man das hier macht.

Betty und Fabian redeten über ihre Schulaufgaben. Wir haben nur noch Wunderkinder, die freiwillig im Duft des aufkochenden Puddings ...

Die Schälchen stellte er mit Nikis Hilfe in den Eisschrank, liess für ihn einen Eiswürfel herausfallen, der seine Bedenken gegen sie seltsame Verwendung des Kühlschranks, an dem sie sonst nichts zu suchen hatten, zerstreute. Es war keine Kunst, genau das aus Nikis Gesicht und seinen Bewegungen zu entnehmen. Er wurde weich, wischte mit dem Handrücken einmal um die Nase herum und roch seinen Schweiss aus dem Hemd.

— Fünf Mal bis Fünfzig zählen, ich fange an.

Niki brachte es bis achtundzwanzig. Er begann schon mit dem Abwasch.

— Woher kommt hier das heisse Wasser?

Unter der Spüle hinter einem Vorhang befand sich ein kleiner Boiler, der nicht eingeschaltet war. Jetzt fehlt nur noch die

Frage: kann ich abtrocknen? Er räumte ab, liess sich die Teller zureichen, füllte Topf und Pfanne mit Wasser und stellte sie auf die noch warmen Platten. Der Abwaschlappen liess den Atem stocken. Er wusch ihn mit dem nun lauwarmen Wasser aus dem Boiler aus und rechnete: Sie verschwindet heute in der Früh, seit zwei Tagen kein Abwasch in der Küche, die Kinder unversorgt. Wollte euch die Mama von der Schule abholen?

Warum ist sie heute so früh weggefahren und hat Niki allein gelassen? Martin fragte nicht, beschlossen.

Sein Wohlwollen für diese Küche und ihre Fee liess nach. Der Geruch des Lappens war nicht von den Händen zu bekommen. An diesem Geruch hingen ganze Einmachgläser voller Gefühle. Etwas zerrte an den Metallbügeln. Schliesslich wischte er den Tisch ab, putzte ein wenig an Nikis Pullover herum, aber so schnell, dass sein Protest ins Leere ging. Die Grossen sahen richtig zufrieden aus. Sie hatten keine Flecken auf ihren Sachen.

– Wollt ihr erst Hausaufgaben machen und dann den Pudding essen?

– Erst Pudding! Niki entschied sofort, sah dann aber irritiert drein, als er zurechtgewiesen wurde: – Du machst doch noch gar keine Schularbeiten.

– Erst Pudding, sagte Betty. Die anderen nickten, Martin fragte nach kleinen Löffeln.

Nun aßen sie um die Wette, beschleunigten die zähe unausgelotete Lage. Martin lachte hinter ernstem Gesicht und löste sich ein wenig aus dem Druck der Zukunft, und er begann, sich Managementfragen zu stellen. Akzeptieren die Kinder die Autorität aus Höflichkeit oder aus Unbedarftheit, aus Mangel an Durchblick und Temperament in der Kinderstube? Oder ist hier ein ganz anderer Mechanismus im Spiel, viel elementarer? Du bist keine Zumutung für die Drei, sie leisten keinen Widerstand, sie bauen an der Lage mit, unberührt von den Tatsachen, die mich beunruhigen.

Martin sagte weder Lob noch Tadel. Er machte Gesten mit den Händen und dazu ein Gesicht, in dem die Sorge nicht

mehr zu sehen war und bestimmte für sich: liebevolle Sachlichkeit, Finger weg, und keine Moral.
　　Er rollte die Haut von seinem Pudding, vermisste Eischnee und Himbeersaft, liess es sich schmecken ohne dass man es hören konnte und blickte unauffällig, wie vorhin in die Runde. Das Innehalten hatte sich gelohnt. Fabian erhielt den Beifall und die schnellen Blicke von Betty und Niki als er den Rest aus dem Schälchen mit dem Löffel direkt in den Mund schaufelte und kratzte.
– Hab ich bei Felix auf dem Geburtstag gesehen.
Martin verbarg seine Bewunderung. Er war schon viel zu sehr Grossvater, der im Widerpart zu den beflissenen und wahnsinnigen Eltern, auf anarchische Elemente setze. Dennoch: diese viel zu braven Kinder mussten ordentlich durchgebracht werden. Seine Fluchtgedanken, die in Gefühle verstrickt wurden, gaben in diesen Momenten auf, die Krimifrage blieb: Warum ist Marlene fortgefahren und wohin wollte sie?
Zähneputzen? Marin schloss den Gedanken weg.

5

Schularbeiten

— Wo ist das Telefon, bitte?, fragte Martin.
Er hätte früher anrufen müssen. Tot könnte sie sein, innerlich verblutet durch schonungslosen Transport. Hätte sie lassen müssen. Nur fühlen, nicht berühren, niemals durch feuchtes Gras schleifen, einen Windstoss und den Seufzer im Rücken. Auf dem Weg zum Telefon blieb er stehen und formte die Arme, die sich erinnerten, zu einer kläglichen Schale. Dann stemmte er sie für einen Moment in die Türlaibung. Der Duft aus Tannenbruch und ihrem Parfüm reichte nur für einen Atemzug.

Die Stationsschwester wollte die Grüsse und Küsse der Kinder gern übermitteln. Frau Schneider schlafe noch sehr tief, es bestehe keine Lebensgefahr. Der Schock sei stark. Martin bestätigte, dass keine Angehörigen zu finden seien, doch: drei Kinder in der Küchentür, für die er ihre Sätze wiederhole.

Er bedankte sich und fragte, wann er wieder anrufen dürfe und sagte dann noch: wenn Marlene aufwacht, sagen sie ihr bitte, dass mit den Kindern alles in Ordnung ist. Martin hatte die Hausaufgaben gemacht. Ihnen, die sich um ihn versammelten, berichtete er noch einmal und erklärte den Sinn des Schlafes. Sie liegt ganz, ganz still und merkt nicht, wenn etwas weh tut. Fabian umarmte Niki von rückwärts und hielt ihm die Augen zu.

– So geht das, merkst du etwas?

Niki liess sich fallen und krabbelte in die Küche zurück. Betty sah zu Martin nach oben, er blickte in verschwommene Teiche. Von allein kam der Vers: Fremde Wasser stürzen aus den Augen… Er drückte sie ganz sanft an sich und hielt eine Weile inne. Es gab kein Gewicht.

– Setzt euch bitte noch mal an den Tisch.

Er liess Betty los. Sie streifte sich unter seinen Händen heraus und dann schob er sie in die Küche, wo Niki wieder auf dem Stuhl stand und lautlos seinen Tanz aufführte. Er blieb neben ihm stehen, verfolgte die Bewegungen und griff dann zu. Hob ihn zur hohen Decke und setzte ihn auf den Stuhl, den er an den Beinen zum Tisch bugsierte. Kein Protest.

— Die Mama kommt heute und morgen sicher nicht nach Hause. Ihr seid hier ganz allein. Gibt es jemanden, der sich um euch kümmern könnte, eine Tante, eine Oma, ein Papa.

— Wir haben eine Oma in Hamburg. Die ist aber schon richtig alt.

— Ich könnte hier bleiben, hier schlafen und wir versorgen uns zusammen. Ihr zeigt mir, wie der ganze Tag geht und dann machen wir das so. Nachmittags fahren wir Mama besuchen. Ihr sagt mir, was ich wissen muss, ich werde noch eine Menge Fragen stellen.

Sie übergingen alle vier die Sekunden der Zustimmung. Nichts ist entschieden, jeder hatte seine Perspektiven, das stand fest. Martin malte in den Fettfilm der Resopalplatte ein Spielfeld, und die Kinder riefen aus einem Munde den Namen.
— Wir haben keine Würfel, die uns sagen, was wir tun sollen, wir sind kein Spiel. Morgen wird sicher ein neuer Tag sein, aber was an ihm geschehen wird, können wir nicht wissen. Nur in Gedanken ausbrüten, nur planen, wünschen, herbeisehnen, fürchten.
— Aber wir schreiben morgen ein Diktat, ganz sicher.
— Das hat der Lehrer geplant, es kann vieles dazwischenkommen, es ist auch kein Spiel.
Die Aussichten lasteten schwer und er stürmte mit seinen Vorstellungen umher, jede mit neuen Gefühlsbündeln gekoppelt, die er im Magen, in der Brust und im Kopf wahrnahm. Verantwortung übernehmen, herausgerissen sein aus seinen Geschäften und Träumen, nicht einmal eine Pfeife kann man hier in Ruhe rauchen, beweisen zu müssen, dass er es schafft, die Gunst der Kinder und Marlenes zu gewinnen, Renate zu imponieren und Zustimmung zu erhalten, grünes Licht für weitere Operationen leuchten sehen...
— Wann ist morgen Schule? Wie kommt ihr dahin? Und wie kommt ihr zurück?
Und noch viele zu schnell gestellte Fragen, mit denen er die Kinder lähmte. Niki merkte auf, lief in den Flur und kam mit einer Werbezeitung wieder. Die Unterbrechung stoppte Martin und gab den Kindern Gelegenheit in Zeit und Raum, aufzuholen. Sie sind doch nur in manchen Dingen so unheimlich schnell, meist muss man ihnen Zeit lassen, in Gang zu kommen und etwas umzusetzen, einen Gedanken, einen Auftrag.
Sie zögerten hinaus mit langsamen Gebärden, konzentriert. Er las die Überschriften der Werbezeitung. Nun sei die Pause zu lang, sie sollten einfach erzählen, er würde sich dann schon einen Vers darauf machen.
— Das sagt die Mama auch immer, meinte Fabian.

– Bleibst du jetzt hier? — Ja, ich würde schon, ich sehe auch keine andere Möglichkeit für euch. Ihr könnt hier nicht alleine bleiben.
  – Ja, bleib hier! Das war Niki.
  – Ich bin aber nicht eure Mama und euer Lehrer, ich habe nichts zu sagen.
Das wollte er sagen, Schutzwälle, Ausreden errichten, Verantwortung meiden. Fabian stoppte ihn. Er war nun fertig, schneller als Martin, zielstrebig und ohne Umschweife:
  – Wir versuchen es, sagte er bestimmt.
Damit war er nicht erwählt, aber eingeladen. Die Last der Entscheidung trug er selbst. Diese Kinder würden hier auch allein zurecht kommen, würden es verstehen, Hilfe zu organisieren. Betty und Niki stimmten ihrem nun grossen Bruder zu. Alle Drei sahen Martin mit nähehungrigen Blicken an. Marlene war bestimmt kein Kuscheltier. Sie wollten ihn, er sollte ins Geschirr steigen und Schlitten und Bollerwagen ziehen. Er sollte eine Rolle übernehmen, die zugleich bestimmt und unbestimmt war. Wie drängte es ihn zur Flucht, um in Ruhe über diese Paradoxie nachzudenken... sie versuchsweise aufzulösen. ... dazu hast du hier Gelegenheit, sieh in unsere Gesichter!
  — Ich übernehme, sagte Martin, — feierliche Kommandoübergabe im Krankenhaus bei Mama.
So war das nicht gemeint, sagten die Kindergesichter und Martin lachte hinein, machte sich einen Spass, sie schon wieder an seiner Zuverlässigkeit zweifeln zu lassen. Was für ein Drama? Martin und die Kinder geben ihre Freiheit her, aber das Medium verschwindet nicht, es erneuert sich von selbst und die Formen, die in das Medium eingeschnitten werden, wechseln. Stell dich nicht so an. Deine Freiheit ist weit, du konditionierst sie dir in jeder Lage neu. Er hatte eine Lizenz zum Mitwirken, konnte die Diktatur der Notwendigkeiten anmelden – hat mal einer ans Zähneputzen gedacht – und ohne Diskussion einrichten; herhören: erstens, zweitens ... und dann noch ein paar Bemerkungen über Geschwindigkeiten, Sorgfalt und Freude an der Sache anhängen.

— Wir reden und leben zusammen und denken an die Mama und machen alles so wie immer und wie es notwendig ist, Zähneputzen sofort, werft mir von oben eine Zahnbürste runter; wo kann ich schlafen? Dann Schularbeiten machen und danach ab in den Wald!
Selbst Fabian sah so aus, als müsste er sagen: nicht verstanden, wiederhole alles nach Mama. Nun sah er alle der Reihe nach freundlich an. Und flüsternd, aber bestimmt:
— Wir schaffen das.
Und woran konnte man sehen, dass die Kinder verstanden, dass dieser Satz an sie und zugleich an ihren Martin gerichtet war? Das "schon" hatte er fortgelassen, sonst gehört es doch immer zu diesem Satz der unsicheren Zuversicht. Im Lehrbuch würde jetzt etwas von besiegeln und Vertrag stehen, sicher nur Verlegenheitsausdrücke für das, was nun, wenn auch langsam, wie von allein geschah. Zähneputzen geschah nicht.
　Fabian und Betty gingen nach oben, Martin holte aus seinem Wagen auf dem Hof Zeitung, Tabak und Pfeife und setzte sich in das kleine Glashaus mit den bunten Scheiben. Betty und Fabian kamen mit Treppengepolter zurück. Sie hatten ihre Schultaschen vergessen, die im Flur herumlagen. Und sie wollten sehen, was Martin aus dem Auto geholt hatte.
— Was machen wir mit dir, Niki? Gehst du schlafen?
Beim letzten Wort sprang Niki los, lief mit erhobener Faust auf Martin zu, der mit einem Griff schneller war und den Arm nach unten drückte. Sein Anlaufschwung reichte aus, den kleinen Mann halb auf seinem Schoss landen zu lassen. Ihre Gesichter stiessen beinahe zusammen. Marin wusste nicht, was er mit ihm anfangen sollte. Er gab ohne zu murren seine Intentionen zu Pfeife und Zeitung auf. Sie verschlingen dich, du bist verfüttert. Niki ist schon nicht auf Distanz zu bekommen.
　— Wir machen die Küche fertig, ihr könnt schon loslegen, sagte er und drückte sich dabei um das Wort Schularbeiten herum. Vielleicht war es ja auch in diesem Hause ein Wort des Schreckens und des Leidens.

— Wir schreiben übermorgen ein Diktat, sagte Betty.
Martin sah in sein Rezeptbuch:
— Lern die Wörter! sagte er.
Wer weiss schon, wie man Wörter lernt, wenn man acht Jahre alt ist. Durch Lernen lernfähig werden, Fertigkeiten durch Fertigkeiten erwerben. Warum hatte Betty verraten, dass das Diktat geschrieben wird? Ausfragen, was die Mama in diesem Fall macht.
— Schreib alle Worte untereinander, einmal in der Schreibschrift und einmal gedruckt.
Vielleicht ist das ein Treffer. Sie machten die Küche, wuschen ab, stellten alles an seinen Platz. Niki war ungeübt, aber eifrig und erlahmte nicht so schnell. Martin hielt keine Vorträge, trieb nicht an, zeigte viel mit dem Finger und liess ihm Zeit, sich auf die konkrete Ausführung zu besinnen. Am Ende sagte Martin viel zu förmlich:
— Danke. Hast du ein Zimmer oben? Kannst du dort spielen? —Na klar, sagte Niki.
Er hopste in den Flur, stellte sich auf die erste Treppenstufe und betrachtete Martin durch den Türrahmen. Der schlug die Küchentücher aus, hängte sie auf, trat dann mit dem Besen wieder in sein Blickfeld, fegte Flusen, Krümel und den Sand aus den Profilen ihrer Schuhe zusammen, ging in den Türrahmen und sagte zu seinem Zuschauer:
— Fertig.
Nun der zweite Anlauf im Glashaus, das mit seinen farbigen Scheiben Weiss und Grau sonnengelb machte und die Anmutung eines hellen Tages erweckte. Er steckte den Kopf über die Usambaraveilchen dicht an ein Glas heran und sah mit der Erwartung hinaus, der Sonne nahe zu kommen.
Der Korbsessel war nicht für ihn gemacht. Die hohen und engen Seitenlehnen liessen für die Arme keinen Platz. Man konnte nur leicht nach vorn gebeugt mit gefalteten Händen dasitzen. Die Unterarme auf den Lehnen drückten die Schultern nach oben und nahmen unter Schmerzen das Muster des Geflechts auf.

Er konnte es kaum erwarten zu rauchen. Gleich kamen gute Züge. Der Tag malte sich in seinen Vorstellungen aus. Zuerst ein Einschlag ohne Grollen, ein Abweichen von allen gewohnten Lagen, reden mit Leuten, mit denen er sonst nie in Kontakt käme, und drei Kinder, o.k. und zwei Frauen, mit denen er noch nichts anzufangen wusste. Er tauchte und ging auf Sehrohrabstand zur Lage, und genoss Tabak und die Aussicht auf spätere Erlösung.

Als Niki den Kopf um die Ecke steckte, ritt Frau Wagener in weisser Bluse durch eine Wüste auf einem müden Tier. Wenn es etwas Entsprechendes irgendwo im Nervengeflecht gibt: ein Rauchmelder heulte los und begleitete den ungewissen Zustand: bin ich wirr, bin ich wach, träumt ein Traum sich allen? Niki blieb still. Erst als Martin die Pfeife anzündete, setzte er an:

— Opa hat auch Pfeife geraucht. Es riecht so komisch.

Niki oder die Zeitung? Er sah die Szene der Operette in einem einzigen unbewegten Bild: der Enkel und der fidele Bauer; hörte Trümmer der Melodie heraus und blickte zugleich auf das Titelbild der Zeitung. Nun hob er die Zeitung zu Niki in die Höhe, so dass er das Bild sehen konnte: Kinder spielen auf einer Wiese am Fluss, am Ufer stehen Rosenbüsche und ganz rechts ragt eine Spitzpappel.

— Ich lese dir vor, was drunter steht.

Niki kam näher und stellte sich neben ihn, den Blick auf das Bild, dessen Untertext kaum zu lesen war, gerichtet.

— Ich kann schon lesen, sagte er.

Das war ein Thema! Seine Augen hingen an der Überschrift des grossen Artikels. Martin zeigte auf ein Wort und sah in die Luft. Da hatte der Junge begriffen, dass er in der Zwickmühle steckte. Es war Martins Chance, ihn einzufangen. Mit dem Pfeifenstiel zeigte er auf einen grossen Buchstaben in der Zeile, dann auf einen weiteren und nun schneller. Niki nannte sie korrekt beim Namen, einmal in der Laut-, dann wieder in der ABC - Sprache. Er las die Zeile laut. Belehrung und Überlegenheit wollten nicht heraus. Dann las er den Text unter dem Bild vor:

— Kinder am Fluss, ein Fussballspiel, ohne Tore, ein Flussballspiel... — Das heisst Fussballspiel, die spielen doch nicht mit dem Fluss, protestierte Niki.
Martin versetzte ihn in die zehnte Klasse. Dadurch wurde er ihn auch nicht los. Er legte die Pfeife sehr langsam fort, sah zu den kleinen Töpfen mit den Veilchen auf der schmalen Fensterbank, streifte die Flecken auf der weissen Decke des Tischchens und schlug dann die Zeitung auf. Das Bild auf Seite drei gab nichts her, ein paar grosse Buchstaben fragte er ab, sie kamen alle richtig bis auf das Y.
– Das kenne ich nicht.
Martin wiederholte den Namen des Buchstaben und sagte: vorletzter Buchstabe, dann kommt das Zett, wie Zettel und Zeitung und Zicki.
Niki haute ihm mit der flachen Hand auf den Kopf. Die Erschütterung war unangenehm. Nach der Hand greifen und alles was man zu fassen bekommt zusammenpressen und verbiegen und dabei hineinsehen in den Schmerz, der aus Augen und der Gegend um den Mund eine weite Landschaft macht in der ein Millimeter, ein Augenblick in Bewegung, ein Beben verursachen kann, das ein Gesicht entstellt. Ich werde diese Landschaften, die in allen Gesichtern gleich sind, kartografieren, und einen Atlas herausgeben; zuerst Kinder, dann die grossen Leute, dann die Alten und am Ende die toten Gesichter, die immer so schnell zugedeckt werden, bevor sie ausgelesen sind.
Niki wartete auf eine Reaktion und als nichts kam setzte er ein Staunen auf, das Martin zum Lachen brachte. Nicht die Hand fangen und den Arm verdrehen und dann in die Augen sehen, scharf... Musste etwas getan werden? Der Junge nahm die Entscheidung nicht an, er blieb erwartungsvoll und sah drein, als wolle er noch ein mal hauen, um endlich eine Reaktion zu bekommen.
– Haut dich deine Mama wenn du sie haust?
Er legte die Zeitung zusammen, zündete die Pfeife wieder an und dachte dringlicher daran, wie er den Jungen loswerden könnte. Du kannst ihn nicht fortschicken, er ist hier ein-

gedrungen, er zeigt was er kann, er testet dich und will hier bleiben.
— Erklärst du mir das Haus, ohne zu hauen?
Er nickte und Martin hätte nun sagen müssen: Ich sage auch nie wieder Zicki. Er konnte es nicht. Wer muss es können? Vielleicht jedermann. Niki legte schon los:
— Die Blumen hier müssen jeden Tag gegossen werden.
Martin tropfte aus der kleinen blauen Kanne das abgestandene Wasser in die Untertassen. — Richtig?
Mit Pflanzen kannte er sich aus, Niki wusste nur die Order. Das Wasser zieht aus den uralten Untertassen eines längst vergangenen Geschirrs nach oben, ein Tropfen dort auf dem Blatt macht einen braunen Fleck, der nie wieder weggeht.
Niki, Wissen ist immer unvollständig. Wie viele der überlieferten Sätze zur Bewältigung des Alltags sind hohl: Vertrauen ist gut, Kontrolle ist besser. Generationen schwätzen darum herum. Er drückte ihm die leere Kanne in die Hand und machte ein Zeichen. Vieles konnte er hören: der Stuhl scharrt, das Wasser läuft, sehen konnte er nicht wie Niki mit der vollen Kanne vom Stuhl balancierte.
— Erstklassig, sagte Martin.
Wenn es so weitergeht, bleiben wir an allen Notwendigkeiten und Defekten hängen, dann sind wir gut beschäftigt. Er gab sein Verlangen nach dem ruhigen Plätzchen und der Zeitung auf und sah in die Gegenwart eines verwunschenen Hauses in dem Sonnenlicht hergestellt wird und Usambaraveilchen, behaart wie die Vogelspinne, ohne Flecken in alten Untertassen stehen.
Geh aus mein Herz und suche ... Martin griff nach Nikis Hand, die ganz von allein kam und ging mit ihm hinaus auf den Sandplatz mit den Grasflecken bis an den vermoosten Zaun. Da lag nun das Haus der Prinzessin, rot und weiss und an manchen Stellen geheimnisvoll grau. Früher stand es in einem Garten, dessen Bäume nur gerade über das rote Dach ragten, hier ist es unter den ausladenden Eichen geborgen, niemand kann es wegholen. Niki verstand kein Wort, lief voraus und war als erster wieder drinnen: der dunkle Flur, die seltsame Küche,

ein uralter Geruch, den kein Schweinebraten vertreiben kann, Ölfarben, die noch heute riechen, rohes Holz mit Speckschicht, Terrazoböden in Schwarzweiss mit Rissen voller Dreck. Niki redete, Martin hörte nicht und erlebte ganz anderes. Ihn beschäftigte die Treppe nach oben, dort wo sie lebten.

Jetzt die Kellertreppe. Graue Tür, neun kleine Scheiben, die erste Stufe unmittelbar hinter der Tür.

— Mein Schlitten ist da unten. — Habt ihr noch mehr Zwiebeln im Keller?

Niki zählte Vorräte auf. Martin roch sie, sobald er die Namen sagte. Vorratshaltung wie auf dem Bauernhof. Er drehte den schwarzen Knebel des Lichtschalters wieder herum. Da war noch eine Tür. Zu dem Zimmer sagte Niki nichts. Ein Wohnzimmer, vor dreissig Jahren verlassen. Er erkannte alles, dachte Vermutungen und Anfänge von Geschichten, zog die Muffluft vorsichtig ein damit der Atem nicht stockte. Warum sagt Niki nichts mehr? Er schloss die Tür, eine Scheibe klirrte im ausgetrockneten Kitt. Hier werde ich schlafen müssen, wo habe ich gestern meinen Schlafsack gelassen? Niki machte Licht für die Treppe, hängte sich an den Geländerpfosten und zog sich hoch, nahm dann freihändig zwei Stufen auf einmal und drehte sich oben zu Martin herum. Der folgte mit eingezogenem Kopf. Aber hier oben war alles viel heller und grosszügiger. Die Decke so hoch, dass er die Schultern fallen liess und den Kopf hob. Ein Raum mit Oberlicht, Strahlern, hellem Holzboden, in der Mitte eine weisse Säule vom Boden bis in das Oberlicht hinein, vielleicht ein Schornstein. Hier ist verändert worden. Die Türen zu den Räumen standen offen. Dort sass Betty, hier Fabian.

— Ich bin gleich fertig. — Ich auch.

— Wenn ich in die Schule gehe, bekomme ich auch ein Zimmer.

— Hier wohnt Mama!

Er sah die Stätte eines furchtbaren Unglücks: rasender Luftdruckwechsel hatte die Türen gesprengt, alle Sachen aus den Regalen und Schränken gerissen und zum Fliegen gebracht, dann fallen gelassen an stillem Ort. Vielleicht geschah das mehrmals täglich. Er begann, mit dem rechten Fuss eine Gasse zu schieben, mehr in Gedanken und nur eine Sekunde lang. Und dann stand er still und betrachtet dieses Chaos mit der Schläfrigkeit des frühen Nachmittags, an dem es keinen Kaffee, keinen Rauch und keine Ruhe gab als wohlgesetzte und beherrschbare Ordnung. Wenn ich mich ein wenig anstrenge, finde ich mich zurecht. Dinge sind immer irgendwie geordnet. Aber Ereignisse und Sachverhalte ... Das Wägelchen fährt die Böschung herab und kippt um, es sitzt jemand drin, der das Steuer hält oder lässt. Wir haben keinen Papa.

Martin sah auf Niki, der sicher ganz anderes sah, aber mit weisser Nasenspitze ein Gesicht machte, als verstünde er, was in Martin vorging. In Marlenes Zimmer könnte er heute Nacht schlafen. Oder im Auto, oder nach Hause fahren. Er roch das Wohnzimmer unten. Hier machen zwei Kinder geräuschlos und freiwillig Schularbeiten und er wäre beinahe wegen ein paar Sachen, die herumlagen blind entsetzt und aufgeregt worden.

— Wollen wir in den Wald wenn ihr fertig seid? Wer schreibt morgen ein Diktat?
Sie sprangen auf die Fragen an.
— Üben wir noch ein paar Worte.
Fabian gab ihm ein Buch und zeigte auf einen Text im Kästchen. Kannst du buchstabieren, richtig, so wie man das Alphabet aufsagt. Betty prustete und Martin sagte: Jagdunfall. Er zögerte lange, aber dann sagte er in schneller Folge die Buchstaben her, einmal so, einmal so. Und Martin sagte nichts dazu: jetzt rückwärts. Betty meinte:
— Guut...
— Wie viele Fehler hattest du im letzten Diktat? Martin stellte zu viele Fragen, die Geduld der Kinder blieb.
— Fünf, sagte Fabian.
— Hast du mit der Mama geübt. Als er nickte, verschob Martin alle weiteren Aufklärungsversuche und begann zu diktieren. Niki und Betty hörten zu. Unser Tempo versetzte sie

in Spannung weil sie mit dem Verständnis hinterher und nicht gelangweilt voraus waren. Ich schreibe auch mit, sagte Betty.

Fabian schrieb mit links, die Nase an der Bleistiftspitze. Martin war sich nicht sicher, ob er dabei das was er schrieb auch wirklich sehen konnte. Vielleicht bewegte sein Kopf die Hand nicht über die Sehsteuerung. Wie kann man aber lesen wenn man blind geschrieben hat? Rühre nicht an den Mysterien der Rechtschreibschwäche und der Rechtschreibordnung, vor allem nicht in Gegenwart von aufgeweckten Kindern.

Fünf Fehler! Du hast damals einen gemacht: Flocke als Pflocke geschrieben. Das sagt seine Erinnerung, die, die er selbst und kein anderer gemacht hat. Und diese Erinnerung ist seine Erinnerung an seine Erinnerung und niemand kann die Erinnerung auf eine Wahrheit, auf die Realität damals zurückführen. Erinnerungen an Erinnerungen entschärfen Vergangenheiten aber bewahren keine Wahrheiten.

Durch Martin streiften alte Gedanken, die den Zorn über die Leute minderten, die Kinder zwingen, sich linkerhand eine Schrift abzuringen, die von links nach rechts geschrieben wird. Moralische Gebote, moralgetränkte Motive und Rechtfertigungen, ohne eine Ahnung von der Plastizität von Gehirnen zu haben. Mit Messer und Gabel lässt sich das alles leicht ausprobieren. Was beschädigt die Kinder? Die Umstellung oder die Umstände der Umstellung. Was für ein Vorgang in der Welt des Lebens: Ein Klang, das Timbre einer Stimme wird zu Bild von höchster Abstraktion gemacht. Hier ist nichts analog oder korrespondiert, die Poesie ist an dieses Mysterium noch gar nicht geraten. Und die Kinder lernen es, das Wort aus der Kehle zu schreiben, bewusst aber besinnungslos.

Fünfzehn Worte diktierte er langsam, überhörte Bettys Rückfrage – tu was du kannst, sagte er – und hörte gegen Ende dann wie Niki und Betty in einem Kaufmannsladen, der in Bettys Zimmer stand, über rote und weisse Bonbons verhandelten, während Fabian die Füsse ausstreckte und Martin mit einem Blick ansah aus dem hervorging: ich kann noch mehr vertragen. Als Fabian dann seine Worte auf Fehler überprüfen sollte, sah Martin sofort, dass er diese Technik nicht beherrschte. Vielleicht hatte er durch das verdeckte Schreiben das Lesen seiner eigenen Schrift gar nicht gelernt, während Druckbuchstabensätze ihm keine Probleme bereiteten. Martin dachte sich sein Teil. Das alles war tranzendental esotrisch besetztes Gebiet und dort hinein schickte er weder Aufklärung noch Kampftruppen. Keine weitere Ausfragerei! Hier läuft etwas, aber es läuft immerhin. Fabian hatte zwei Fehler gemacht und lernte. Das Rechenheft in Reichweite blieb liegen.

Wald, Kaffeetrinken, spielen, Abendbrot, der Bettzirkus, vorlesen... Er wühlte sich durch die Haufen der ungenauen Vorstellungen, kostete von den Mühen, die noch bevorstanden und erreichte schliesslich wieder das Glashaus, das er vorhin räumen musste ohne seinen Zauber erlebt zu haben. Weisse Untertassen füllen ist das eine, die Pflanzen darüber betrachten und die Folie der Vogelspinne darüber legen ist etwas anderes. Ruhe, Rauch, Kaffee. Eine Stunde Alleinsein herausholen. Er war auf den Inhalt der Zeitung gespannt, das Alte von Gestern musste mit dem Neuen von Heute gekreuzt und auf den Horizont von morgen gelegt werden.

Fabian rechnete im Heft. Sieht er etwa die Zahlen ohne sie zu hören und kann umsetzen. Ich möchte sehen wie er mich anschaut wenn ich frage: siehst du die Zahlen? Sicher ist: Zahlen und Worte unterscheiden sich im Sinn. Zahlen erschliessen aktuell andere Zahlen, Worte fabrizieren die Dinge in der Welt.

Betty und Niki spielten ein Memory, friedlich. Betty gab nicht die Lehrerin, sie musste sich konzentrieren, damit ihr Bruder nicht jedes mal gewann. Martin reimt sich auch das zusammen, fragen wollte er nicht, möglichst die Ausfragerei vermeiden, sie werden schon von allein reden. Martin fühlte sich befreit und verträumte den kleinen Feierabend zu Ende. Nur das dunkle Wohnzimmer bedachte er nicht, jedenfalls nicht in der ersten Reihe der Gedanken.

— Muss einer von euch heute noch irgendwohin?

Lange hatte er an der Frage formuliert und in eine Form gebracht von der er hoffte, dass sie die Kinder nicht alarmieren würde.

— Reiten, Ballett, Turnen, Geburtstag, nachsitzen, zu Freund und Freundin.

Er sah wie sie hörten, sprach schneller mit steigender Stimme, sie lachten und riefen durcheinander: nein! nein! nein!

— Ich sehe in Mamas Kalender nach, wenn sie ihn nicht mitgenommen hat. Betty öffnete die Tür. Er konnte nichts ausmachen.

— Es steht hier nur Frau Wagener, um acht, sagte Betty.

Martin schöpfte Luft und sah zu, wie sie durch ein Sieb verschwand. Ein dumpfer Zustand im ganzen Körper setzte sofort ein. Sein Gesicht entspannte sich zum offenen Mund, die Augen standen still. Frau Wagener ist mit Frau Schneider verabredet, sagt aber nichts darüber und er trägt Marlene zur Zeit, aber weit von der Schule entfernt in den Wagen. Oder sind sie gar nicht in der Schule verabredet?

Es lässt sich nicht vermeiden, dass Ereignisse geschehen, für die es keine hinreichenden Erklärungen gibt. Der WeberMartin liess sofort von den beiden Frauen ab, straffte sich aus einem unerklärlichen Impuls heraus und sagte auf die Frage der Kinder:

— Müssen wir in den Wald?

— Nein, wer nicht mitgeht verpasst den Anschluss und wird das Schloss nicht sehen. Jetzt zieht euch bitte an, starke Schuhe nehmen.

6

Der Waldgang

Im Wagen studierte Martin die Karte im Regionalhandbuch. Er verschaffte sich einen Überblick und folgte dann dem Weg am Zaun entlang. Es gab einen Bachlauf, einen Hof aus vielen Gebäuden, im Kartenzeichen daneben ein Pferdekopf, winzig, dann einen Teich, tatsächlich ein Schloss und noch einen Teich. Martin lernte und konnte, als die Kinder aus der Tür traten, das Abbild der Karte sehen und genauso studieren, wie er es über dem Papier getan hatte. Sein Bewusstsein verfügte über eine Vorstellung: sie war eine weitere Erscheinung der unbekannt bleibenden Realität. Und wenn er aus dem Fenster sah, konstruierte das Hirn, ohne dass sein Bewusstsein etwas davon mitbekam, die Kulisse. Seine Stimmung reichte nicht hin, viel daraus zu machen: Herbstfärbungen, ohne Sonnenstrahlen matt, Buchen wie Saurierbeine und Eichen, ja einfach Jedermanneichen, heute. Nur Niki stürmte die Treppe herab, der Wildfang, den der Wald fing. Martin blickte auf: Hänschen, klein!, ging allein, in die weite Welt hinein, Stock und Hut stehn ihm gut, er ist wohlgemut...

Da ist es wieder, das Wort. Die ganze Welt, die heile Welt, weit, weit, weit, unendlich komplex, ohne Gegenteil, ohne Verdoppelung, ohne Vervielfachung in weiteren Dimensionen. Jetzt aber nur Wald ohne Teil der Welt zu sein.

Das Wort war in die Gesichter der Kinder nicht einzuschreiben. Martin summte eine Melodie und dachte dazu die Worte: „... aber der Wald, der sagt keinem je ein Sterbenswörtchen, wenn er den Räuber aufnimmt." Er war in den Wald gezogen, hatte im Wald gewacht und geschlafen, gelernt und vergessen, hatte Holz gemacht, gejagt, Beeren und Pilze gesucht und das Glück einer Lichtung mit roten Himbeeren gefunden. Die verirrte Prinzessin fehlte nie. So wuchs ihm der Wald wie im Zimmer von Max, bevor er zu den Wilden Kerlen über das Meer in den Wald aufbrach. Ja, das

Meer und die Wüste kommen noch dran. Und als er später Robert Walser las war ihm alles nichts Neues. Das Böse darf nicht in den Wald hinein, der Räuber bleibt. Wo habe ich die Mutter Marlene gefunden?

Für einen Moment nur glaubte er, das Bild und die Anmutung seiner Wälder und Bäume mit allen Empfindungen auf die Kinder übertragen zu können. Er könnte etwas über lebende Wälder als Umwelten lebender Systeme sagen, die ihre Ordnungen in physikalischer, chemischer und sozialer Weise reproduzieren, abgesetzt von Natur, so wie Degas und Baudelaire sich von Natur abgesetzt haben. Nicht mit Kindern! Ein Schreiber hat es einfach. Er schreibt „Wald" und „Baum" hin, der Komponist nimmt das Waldhorn, der Maler kann alles machen, Wald kriegt er immer hin, aber die Dichter? Wie bringen sie Wald und Baum in die Ordnung. Sein Werbevortrag fiel dennoch zu abstrakt aus. Es fand sich kein einziger Haken in den Kindern, an den er seine Bilder und Begeisterungen hätte hängen können. Sie können noch nicht die Sinngebilde aus der Luft fangen, wer nichts erlebt hat kann nicht nur nichts erzählen, er kann einen Sinn für sich nicht kreieren, weil er die Aktualität und die weiteren Möglichkeiten im Wort, (im Wort!) nicht simultan erfassen kann. Sie können nicht wagen, weise zu sein, und genauer hinzusehen. Wer wird ihnen das beibringen, die gewaltige Komplexität des Waldes in handhabbare Informationen umzuwandeln? Ich nicht.

— Ihr seid schön warm angezogen. Wir gehen am Zaun rechts entlang. Die dicken Bäume sind Eichen.

Arktistaugliche Jacken, die ihnen die Arme vom Körper abstehen liessen. Die Kapuzen setzte er ihnen wieder ab, am Nordpol, wo es nichts zu sehen gibt, gerne. Dabei berührte er mit dem Daumenballen ihre roten Bäckchen, aber wie? Sie liessen es geschehen. Seine Rolle als Kindergartentante machte ihn kess.

— Der Bär ist nicht dumm, er schaut sich erst um.
— Das kenne ich, das ist von Janosch.

— Mit den Kapuzen auf dem Kopf kann man sich nicht umschauen.
Er sah zu, dass er weitere Belehrungen verdrängte.
— Manchmal sausen die Bäume ganz laut, sagte Fabian. Nun wieder zu ihren Gesichtern: wir waren noch nie im Wald. Wir kennen weder diesen noch überhaupt einen Wald und von den Wilden Kerlen haben wir keine Ahnung, auch nicht von Hänsel und Gretel und den notgehetzten Eltern und den Bremer Stadtmusikanten: „...etwas besseres als den Tod findest du überall..." Ich glaube ich muss ihnen die Geschichten vorlesen, mit meiner Stimme. Sie werden sofort mit Max aufbrechen wollen, sie werden die Räuber verjagen und die Hexe noch einmal verbrennen. Vielleicht kennen sie alles nur in der verhunzten Version, vorgetragen in Stil und Stimme, die unmittelbar geistige Behinderung hervorruft. Er ging an der Spitze und verträumte sich weiter. Der flechtentragende Zaun, die schwarzen, stillen Bäume, der Wagen, drei Kinder, Niki an der Hand von Betty. Die Kinder gehen. Sie schweigen und sehen nicht zu ihm hinauf.
— Wie dick ist der Baum? Er spannte seine Arme um die Eiche, zu der er mit einem Sprung über den trockenen Graben voller Laub gelangt war. Sie blieben am Grabenrand stehen und sahen ihn unschlüssig und verlegen berührt an. Der Mann spinnt. Endlich hatte er begriffen und räumte seinen abstrakten Wald ab. Musste er das den Kindern klarmachen? Es geht sie nichts an. Und was geht es ihn an, dass sie noch nie im Wald gewesen sind. Sie brauchten wahrlich nicht Zuflucht „vom Geschrei und der Rute der Menschen."
Sapere aude, incipe! Wage es, genauer hinzusehen, unverzüglich! Das kommt noch, ihr Kinder. Es wagen, hinzusehen, hinzuschmecken, zu messen, zu kombinieren, zu denken... Und mehr zu sehen als die Schuldigen und Sündigen, die ihre Umwelt zur ganzen Welt erklären und in Gut und Böse einteilen. Fabian wird es bald wagen.
… und einen Stock könnten sie jetzt schon in der Hand haben und peitschend die Brennnesseln mähen, an denen sie sich noch nie verbrannt haben. Brennettelbusch so kleene…

Die Jungfrau Maleen hat sie im Hungerwald gegessen... und diese Marlene hat im Wald gelegen, wer hat sie dorthin getrieben? Einen Berg Laub mit dem Fuss zusammenscharren, ihn mit beiden Händen packen, hoch in die Luft werfen und schreiend darunter herlaufen, ohne ringende Mutterhände im Rücken. Müssen sie später unbedingt einen Aufsatz über den Wald und die Bäume schreiben? Und sehr darauf achten, keine Lust am Wald zu zeigen. Mit 12 Jahren! Die Waldschäden in Mitteleuropa, eine Folge der Ausbeutung der Natur. Oder: wie man vor lauter Bäumen den Wald nicht sieht; Naturphilosophie am verdienten Ende. Er hätte noch mehr erfunden: also der Wald ist am Anfang der Menschen, lange vor dem Wort. Alles kommt aus dem Wald... "Einst haben die Kerls auf den Bäumen gehockt..."

Sie schlichen dahin und seine Füße waren so schwer wie die der Kinder, die ihre mehrfarbigen Bollerschuhe nicht einfach hinstellten und von selbst gehen liessen, sondern mit den Sohlen an der Erde klebten und zähe Fäden zogen. Ein Notfall. Sie standen da, hatten schon lange nichts gesagt, sahen sich an, schnüffelten mit den Nasenflügeln und rochen an Ratlosigkeit und behelfsmässigen Gedanken.

Keine Erlösung durch ein Wildschwein, das aus der Dickung bricht und davon stürmt und Wonne und Schrecken zugleich in den Schrei aus der Kehle legt. Kein Specht, der klopft und aus einem Bilderbuch lebendig gemacht werden könnte. Kein Wind, der die Bäume zum Reden bringt.

Ihm war kalt. Niki stocherte jetzt im Graben herum, das morsche Stöckchen zerbrach und er rutschte die kleine Grabenwand herunter und blieb einfach sitzen.

– Ich bin ins Wasser gefallen. – Aber da ist doch gar kein Wasser. – Doch, unter den Blättern.
Wahrscheinlich kroch ihm das Wasser, das hier, anders als eben, noch anstand, den Rücken hinauf. Er warf ihm eine Handvoll Laub zu, Niki neigte den Kopf und zog sich dann an der Grabenwand nach oben, Protest in den Augen. Die Geschwister lachten schon über seinen finsteren Blick. Und das störte ihn nicht. Niki war auf sich sauer, wie konnte ihm

solch ein lächerliches Missgeschick passieren? Und Martin sah mit Freude, dass er keinen Schuldigen suchte. Das hatte er noch nicht gelernt und ich werde es ihm auf keinen Fall beibringen. Unterlassen, weglassen, nicht alles und jedes bereden. Aber ein paar solcher Erlebnisse mehr, und er würde seine Geschwister neugierig und entspannter machen.

Letzter Anlauf: Verstecken spielen. Jetzt rutschte er selbst die Böschung herab und stand im Sumpf des Grabens. Sie konnten gar nicht Verstecken spielen und er sah nun auch, dass es dafür hier keine rechten Möglichkeiten gab. Er hatte nur noch Nebeltanz über den Worten im Kopf.

— Kannst du das Auto holen, bitte. — Meine Füsse tun so weh. Und noch eine Stimme: — Hier darf man nicht mit dem Auto fahren. — Doch, Mama hat so eine Karte am Auto.

Was sind denn das für Königskinder? Die Kinder der Mutter, die er getragen hat, heute Morgen, als der Wald nicht so still war. Geschlossenes Gesicht, ohne Augen, engelschön. Goldhelle Haare im gelben Gras. Wie hat diese junge Frau drei Kinder auf einmal so weit gebracht, in dieser Situation nicht in Geschrei und Panik auszubrechen, nach Wasser und Cola zu schreien, mit aufgerissenen Fratzen die Zumutungen zu bekämpfen, sondern eine ganz einfache Idee zu äussern, ja beinahe vorzutragen.

Er sprang an, griff sich eins nach dem anderen, schleuderte sie einmal herum und setzte sie nebeneinander ins Laub neben den Graben. Setzt euch ganz dicht nebeneinander, ich bin gleich wieder da. Sie kicherten und kuschelten und raschelten sich zusammen, er sah zu, als er sich rückwärts in Trab setzte.

Von dieser Seite sah das Haus alt und nassgrau aus. Mehr Zeit, um dieses Wort aufzulösen, hatte er nicht im Vorbeilaufen. Er machte das grosse Tor auf, die Latten des einen Flügels schoben Spuren in den Sand und als er aufblickte, sah er das Haus wieder in Rotweiss.

Die Kinder feierten nicht ihn. Liebes Auto, sagten sie und saßen augenblicklich wieder so, wie heute Mittag, als sie von der Schule heimfuhren. Aber warum? Für Niki blieb der Platz

vorne. Er konnte sein Glück nicht fassen, sah umher, wog mit gerunzelter Stirn ab. Die Falten, die er schon zusammenbrachte, sahen zum Lachen aus. Was war denn so schlecht an dem Sitz da vorne, dass die Grossen ihn verschmähten, was gab es auf der Rückbank denn Besonderes, auf der die Geschwister so schnell und wie selbstverständlich gelandet waren, das ihm entging? Sie brauchten nicht darüber zu diskutieren, er erliess es ihnen, traf seine Entscheidung stumm und machte es sich ohne Gurt vorne bequem. Die Entscheidung konnte man nicht sehen. Sie warf aber ihn und Martin aus dem Zirkel, beides zugleich haben zu wollen, heraus. Er führte jetzt über die Kinder ein Erinnerungsbuch, er wird es brauchen müssen: ganz schnell sammelte er ein, noch bevor er den Motor wieder anliess, was er schon alles gesehen und bedacht hatte. Sie rückten immer näher. Zum ersten Mal fingen sie an zu reden, alle zugleich, immer lauter, immer kürzere Sätze. Sie waren gerettet, aus den Tiefen des schrecklichen Waldes geborgen.
– Mach endlich, Niki.
Der konnte die Tür nicht erreichen und da er gerade über seinen letzten Satz nachdachte – Martin sah es an den kleinen Stirnfalten – konnte er sich nicht bewegen. Er zog ihn auf den Sitz, drückte ihn breit, um an den Türgriff zu gelangen.
Sie rollten durch den Sand des Sommerweges, dann über das Katzenkopfpflaster der alten Strasse, die Kinder redeten, er fuhr langsam, hörte eine Weile auf, zuzuhören und mitzudenken. Er sah nur den Sandweg mit den beiden Spuren neben sich, wechselte hinüber und wäre beinahe eingenickt. Dann lenkte er wieder zum Pflaster, und es begann auch in seinem Inneren zu rumpeln. Die Räder tanzten über die glatt geschliffenen Kiesel, trafen ein Schlagloch. Es zog ihn an, nicht den Wagen, er wollte hineinfahren und die Vermeidung gelang daher auch nicht. Dann wechselte er wieder in die Sandspuren und fand nun mit seinen schwachen Kräften nicht mehr aus den tiefen Rillen heraus, fuhr am Rande des Schlafes mit den still gewordenen Kindern ganz langsam dahin. Er sah in die Weite vor sich, in den Waldtunnel, der die

Weite nur annahm, weil sein Blick nicht scharf gestellt war. Dann sah er wieder auf den Tacho, auf eine Ziffer, die durch den Kopf wanderte und dabei in das Pflaster und in die Sandspuren und in die verschwommene Ferne eincopiert wurde. Was machen wir zu Hause? Er sprach nicht zuerst. Er drückte sich vor den Gedanken und blieb noch an der Ziffer vom Tacho hängen.

Als sie am Tor mit den offenen Flügeln standen, gerieten die Kinder in Bewegung. Sie bewältigten den misslungenen Ausflug ganz anders als Martin, drehten die Köpfe, redeten wieder, sahen etwas, das sie nie zuvor gesehen hatten. Sie hatten sogar Worte dafür.

– Halt an! Ich halte das Tor auf. – Ich auch. – Wer hat die Kindersicherung rausgemacht?

Fabian und Betty sprangen aus dem Wagen und liefen zu den Torflügeln, zogen die Latten noch ein Stück weiter durch den Sand und riefen: fahr, fahr, während Niki sich auf den Sitz stellte und Kopf und Oberkörper über dem Handschuhfach gegen die Scheibe drängte. Er jauchzte dabei. Er rollte langsam auf den Hof, hielt an, setzte Niki über Lenkrad und Beine ins Freie. Dann sah er zu, wie alle Drei die Torflügel schliessen wollten, aber nur die oberen Latten zur Mitte kippen konnten, ohne dass die unteren in ihren Sandfurchen in Bewegung gerieten. Sie machten das zum ersten Mal und es sah aus, als erfüllten sie sich einen Traum. Oder spielten sie ein altes Spiel zu dem gehört, so zu tun, als hätten sie nicht begriffen, wie Torflügel aus Zaunlatten über den Sandboden bewegt werden?

Er war im Kopf schon beim Küchentisch. Wir haben doch immer etwas zu tun. Wir könnten Kaffeetrinken spielen, dann Rübenziehen oder Mensch-Ärgere-Dich-Nicht, oder Brontosaurus. Sie haben überhaupt noch nichts von Sauriern gesagt. Was mögen die Leute hier für Spiele haben? Vielleicht überhaupt keine. Was könnte man denn da erfinden? Er dachte von der Hand in den Mund. Schnell ein Papier bemalen mit den Wegstrecken und den Häuschen. Dann haben wir aber keine Spielmännchen und wir haben auch keine Farben.

Sie arbeiteten nicht mehr, schauten ratlos zu ihm, wollten eine Lösung, wollten nicht aufgeben. Das registrierte er genau und verwahrte es sorgfältig, indem er es an ein Ereignis aus seinem Leben hing, bei dem er mit schlimmen Folgen viel zu früh aufgegeben hatte. Er machte mehrere Zeichen: Anheben der Flügel und dann drücken. Und rief hinüber: alle Drei an eine Seite. Seine Stimme kam klar und melodisch, er sang die Anweisungen aus, gab ihnen Klarheit und Tragweite und nahm ihnen die Schärfe des Befehls. Sie schafften beide Flügel und liefen nun auf ihn zu. Er müsste die Arme ausbreiten können und singen: wer kommt in meine Arme, kriegt Butter und Schokolade.

Die Grossen rannten an ihm vorbei zur Haustür, Niki senkte den Kopf, beschleunigte und hing dann in seinen Händen, während er schon drehte, Hacke, Spitze und dann ein Schrei und dann ein Lachen im Gesicht, das nur zu ihm gehören wird, immer, niemand kann solch ein Gesicht der Seligkeit machen, kein alter Meister hat es jemals getroffen und die Jungen haben so etwas vielleicht noch nicht einmal gesehen. Er drehte in Wellen Kreise und der leichte Niki hatte mal die Schuhe über dem Kopf und dann wieder dicht über der Erde. Als er ihn absetzte, blieb er kurz stehen, knickte dann zum Sitzen ein und sagte: Puh, oder so ähnlich. Die Grossen standen schon bereit, wen soll ich zuerst nehmen?

Sie sind viel zu schwer für ihn, sie wollen sich stürzen, wollen wie Niki in den seltenen Taumel einer schwingenden und drehenden Bewegung gelangen. Er kann nicht ausweichen. Fabian stürzt heran, ungeübt und viel zu heftig... er tritt zur Seite und lässt ihn vorüberfliegen... Nun hat er ihn im Arm, reisst sich zusammen und das meint: alle Kräfte hingeben und den Rundflug vollenden, wenigstens einmal. Weiss er, ob Kinder sein Versagen nicht als kränkende Zurückweisung sehen und sich abwenden? Dieser Gedanke läuft schon aus dem Gleis, die Anstrengung behindert seine Wahrnehmung und die Begleitung mit Gedanken. Drei Runden gelingen beinahe, er hat kein Gesicht gesehen, kein Lachen gehört. Fabian war leichter, als er erwartet hatte.

Betty fliegt nicht heran, sie stellt sich mit dem Rücken zu ihm und er greift unter ihren Armen hindurch, lässt wieder los und wirft das Schlüsselbund Fabian zu. Dann faltete er die Hände über ihrer Brust. Sie ist kitzelig durch die dicke Jacke hindurch und windet sich lachend, bevor er die Finger schliesst und anzieht, leicht fliegen sie herum, ein wenig kann er auf und nieder schwenken, nicht oft und nicht lange. Jetzt aber hoch in die Luft, Rede und Atem stocken, Himmel und Erde wechseln sich ab und der Schrei wird unterdrückt. Seine Kräfte lassen viel schneller nach als beim ersten Mal, und Betty kommt nicht in das Glück, das sie an ihren Brüdern gesehen hat. Martin sucht ihre Augen, auch die von Fabian, der oben vor der Tür steht, nach rückwärts blickt und den Schlüssel dreht. Ihre Augen signalisieren Anerkennung für seine Mühe. Sie enthalten noch den Glanz, den die Freude aufgetragen hat. Er habe sich Mühe gegeben, ohne zu weichen und ohne zu klagen. Der leichte Drehschwindel vergeht. Fabian hat die Haustür aufgeschlossen, Niki zwängt sich durch den Spalt, Betty steht noch auf der unteren Stufe, wohin er sie gestellt hat. Er nimmt ihre Hand, sie kommt von allein, wie seine auch, und sie verschwinden in den Flur, wo schon die Ausziehschlacht im Gange ist. Ehe er mitmacht, zieht er die Schlüssel ab und schliesst die Tür, sieht auf das Schloss und dann auf eine der kleinen Scheiben, sucht sich die blaue aus. Und so kam er wieder in die Gegenwart, die nun schon lange Vergangenheit und vergessen ist. Eine Minute lang sassen sie zwischen Jacken und Schuhen und Schals und Mützen und Handschuhen. Martin erblickte eine Landschaft, aus der sich alle Drei nun herauswanden- und stemmten und dann in der Küche verschwanden.

7

Eierkuchen, eine Schlacht, Rüben ziehen

Martin räumte auf, Mützen in die Taschen und Schals in die Ärmel. Ein Wohlwollen blieb. Dann klemmte er sich drei Paar Hausschuhe unter den Arm und folgte den Kindern in die Küche. Sie sassen am Tisch, die Fäuste vor sich, fingen die anfliegenden Schuhe aus der Luft und verteilten sie untereinander. Als alle Füsse versorgt waren, sahen sie sich an, einer den anderen, mit Sorgfalt. Martin blieb das Wortspiel verborgen, die Sorgenfalten sah er: dreht dieser Martin jetzt durch, beinahe hätte er mich getroffen, Mama schmeisst nie mit Schuhen herum. Es gelang ihm, das Gesicht zu machen, das die kritischen Blicke in Entspannung auflöste. Fabian lachte und kippelte mit dem Stuhl, Betty erinnerte sich an die Hände und Niki machte ein Mondgesicht. Und dann ohne Übergang:
— Machst du uns Eierkuchen? Bitte!
Ohne das letzte Wort, das aus allen drei Mündern zugleich kam als sei es abgesprochen und eingeübt, hätte er gemauert. Eierkuchen machen ist so ungefähr das Schwerste, was man sich als Kinderversorger vorstellen kann, auf jeden Fall schwerer als Erziehung. Sie hatten Übung im Bitten und es lag so viel Charme in dem Dreiklang. Er wusste nicht, ob er ein Verzeihen, eine Auszeichnung oder eine Probe aufgebrummt bekommen hatte. Sie hielten stand, kein Zwinkern, dann Blitze in den Augen. Sie durchschauten sich allemal und es gab nichts zu kommentieren, selbst Niki verstand schon das Spiel in seinen Grenzen. Martin legte sich die Bitten nach Eierkuchen als Auszeichnung zurecht und verwendete die anderen Gedanken nicht mehr.
— Ihr müsst mir helfen! Er gab einen anderen Ton an, und sie folgten.
— Ich brauche Mehl, Eier, Milch, Zucker, Salz, Marmelade und Sirup.

Er feuerte die Bestellung heraus, hatte also Ahnung und konnte bestimmen. Zum Glück hatten sie Eierkuchen gesagt. Er hatte ganz vage ein Rezept im Kopf ohne Mengenverhältnisse, dafür aber ein bewegtes Bild der Mutter, die in der schlechten Zeit den Kindern Eierkuchen buk, auf drei Kinder kam ein Ei. Die Pfanne war unten verrusst, innen wurde sie mit einer uralten Speckschwarte eingerieben. Die Mehlspeise schmeckte danach. Seine Zuversicht stieg. Vielleicht konnte er die Unverschämtheit von vorhin und die Waldzumutung wiedergutmachen.

Der Teig muss quellen, er muss eine Wandlung vollziehen, vom Pamps zum Medium werden. Kein Vortrag, kein Anpreisen der Kenntnisse und Erfahrungen, lass die Kinder überlegen sein, schweige in Demut und zaubere. Sie schafften die Zutaten herbei. Woher wussten sie auf einmal so genau Bescheid. Heute mittag war es doch ganz anders. Sie wollten nicht alles auf einmal verraten. Niki baute wieder seinen Stuhl auf, Martin suchte Handwerkzeug zusammen und heizte eine Pfanne vor, die er zu Hause sofort entsorgt hätte: zerkratzter Teflonboden, nach unten ausgebeult. Sie wird die Sache dennoch erleichtern.

— Niki, ich brauche Butter!

Dann mixte er Teig und sah und hörte nicht die graue Frau, die ihn nach Minuten erst erkannte, wenn er zu Besuch kam, sondern eine andere: So könnte Marlene aussehen, wenn sie die grauen Augen mit Einsprengseln von Erinnerung und Vergessenheit öffnen wird. Seine Gedanken spielten ihr eigenes Spiel mit der Göttin Mnemosyne, der Mutter der Musen: Sie formt Memoiren zu Worten, sie malt in Farben aus, sie rechtfertigt Getanes, immer ein Rotationswerk aus Erinnern und Vergessen, aus Gravieren und Löschen. Und ihren Kindern gibt sie die Gabe, Dichter und Sänger sehend zu machen und Denkern die Fähigkeit, trennscharfe Begriffe hervorzubringen. Diese Griechen waren aufgeklärt und setzten die Abstraktionen passgerecht hinter die Symbole. Ohne Erinnerungen bist du ein Stein, ohne Vergessen wärst du ein

Monstrum. Mein Gedächtnis verwaltet mein Erleben und meine Vorstellungen, nicht deine, Marlene.

Es gelang ihm, alle Szenen, in denen Eierkuchenbacken missglückt war, abzudrängen, indem er intensiver auf Hände und Gerät und Teig hinsah und nach Worten suchte, mit denen er Anschluss nach aussen erhalten konnte.

— Niki, ich brauche Butter, wiederholte er.

Der Teig musste noch gehen aber die Butter in der Pfanne würde schon heiss werden.

— Und ich brauche einen Pfannenwender.

Mit dem Wort konnten alle drei nichts anfangen, dennoch suchten sie, zogen Schubladen auf, hielten Gegenstände in die Höhe. Die Hauptleistung der Gedächtnisse ist es, zu vergessen, deshalb könnte es auch Löscher oder Vergesser heissen, ebenso ortlos im Körper wie das Bewusstsein. Sie fanden eine Art Schwert, lang und blitzend.

— Das ist es. Jedenfalls bei uns.

Fabian schwang ein paar Hiebe gegen Betty und übergab das Ding. Er prüfte die kleine Rundung vorn auf Grate und Schärfe, viel hing davon ab, wie leicht und wenig verletzend das Gerät unter den anbackenden und sich lösenden Teig fuhr. Alle Dinge haben ihre Geheimnisse. Martin behielt sie für sich.

Das hier war weder Koch- noch Gedächtnisgedenkstunde, es war Warten und peinliche Stille, weil das Gelingen so ungewiss war. Und wenn er mit schnellem Blick auf die Kinder sah, bemerkte er unschuldige, hohe Erwartungen und ihre harte Kompetenz für Gelingen, Geschmack und noch mehr, auch an ihren hochgezogenen Schultern und den offenen Händen.

Er goss sorgfältig den Teig in die Pfanne und verstrich ihn vorsichtig mit dem Schwert. Mit diesem Gerät würde er ihn auch wieder herausbekommen.

— Deckt schon mal den Tisch.

Sie legten wieder los wie die Heinzelmännchen. Und Martin übte virtuell: gleich werde ich ihn wenden, jetzt! rief es und er warf den Plinsen in die Luft und fing ihn unverknüllt mit einem lautlosen Aah wieder auf. Der Wender lief leicht zwischen Teig und Pfanne, ein Schwung und alles lag zusammen gewurschtelt halb auf dem Pfannenrand. Ausschuss, länger warten, Geduld, bei der Sache bleiben, nicht mit dem Gedächtnis herumspielen... auch wenn es ein geniales Wort ist. Erst muss die Oberfläche trocken sein, damit nichts einreissen kann.

Sie standen bei ihm, Martin suchte nach Worten, deren Erklärungskraft den Versuch der Ausrede nicht durchdringen liess. Er hatte keine Zeit, die Gesichter abzusuchen. Stumm blieben sie, nichts schwang mit, kein Vorwurf, kein Bedauern. Das mit den Nudel hat er doch auch geschafft.

Neuer Ansatz und fort mit den schnellen Gedanken die unter den Nebelbildern herumtanzen seit heute Morgen nur Neues ohne Vorbereitungszeit sofort anpassen gleich wird es knallen überraschend noch nie gewesen meine Vorstellungen meine Gedanken Worte Sätze Bilder erklären sich selbst was im Körper in meinem geschieht Chemie auf der Stufe des Lebens mein altes Auto weg hier nach Hause...

Not Aus! Martin stellte auf Null. Ohne Rücksicht auf die Kinder suchte er Küche und Speisekammer ab, fand eine Eisenpfanne mit einem Boden, der nicht verbeult war, reinigte sie, liess Fabian den Knebel auf zwölf stellen und wartete dann gelassen auf den Moment, in dem sein nasser Finger auf dem Pfannenboden zischen würde. Der Haushalt besass keinen Fernseher. Dies war Kino für die Kinder. Sie verstanden alles und wurden belohnt, einfach wie im Zirkus.

Weg!, rief Martin, nahm die neue Pfanne in die Rechte, trat von Kindern und Herd zurück, zögerte, rief noch einmal, testete die Rutschfähigkeit und zog dann die Pfanne unter dem Plins heraus nach unten und zu sich heran, gab ihm über dem Pfannenrand Spin und Raum zum Drehen dadurch, dass er mit der Pfanne viel schneller war als der träge Teig, nun schon ein festes Gebilde, das sich jetzt frei in der Luft entfaltete, sich drehte und vollendet platt in der Pfanne landete, zugleich mit dem Ausstoss des Atems der Kinder, den sie alle Drei angehalten hatten.

— Noch mal, sagte Niki und unterbrach damit Martins Staunen über sich selbst. Er tastete sich ab. Ich bin befreit bis zum nächsten Hochwasser im Körper.
 — Hinsetzen bitte, ich teile durch drei.
Sie hatten keine Gerechtigkeitsinfektion. Wie hat die Mutter das fertigbekommen? Es gibt Schutzimpfungen durch Erziehung!
 Goldbraun! Es steht nur in den Büchern, auf dem Herd gibt es das nicht. Ein feuchtes Gelb, das das eine Ei mehr anzeigte und den Kindern einen Geschmack bescherte, den sie noch nicht erlebt hatten, neu, sensationell. Martin aß von dem Klumpen aus der anderen Pfanne, der gute Geschmack fehlte. Er wollte sagen: esst die Dinger mit Verstand, so schnell bekommt ihr sie nicht wieder. Aber wer weiss, vielleicht würde er in zwei Monaten zu Weihnachten immer noch für sich und die Kinder backen. Das Projekt war gelungen, besser als die Nudeln vom Mittag.
 Er bediente den nächsten in der Pfanne, hatte Muße für nachher und morgen, probierte Szenen aus: wie kommen wir heute Abend in die Betten? Werfen konnte er nicht mehr, einmalig soll es bleiben. Sie lockten und baten. So etwas geht ohne Training zur Routine nur einmal mit Glück, irgendwann muss er es üben und ins Repertoire aufnehmen, so wie er die Flasche Weissbier aus dem Glas ziehen konnte. Nehmt die Erinnerung, später bringe ich euch bei, wie man das macht, mit der Kinderpfanne. Sie beharrten auf Werfen, er musste reden:
 — Wer weiss, was passiert wenn ich das Ding wieder so einfach in die Luft werfe.
 Er liess seine Hand über ihren Köpfen schweben und mit dem Daumenflügel schlagen, einfach am Rist einknicken und dann strecken... und in den Gesichtern sieht man, dass die Hand wirklich fliegt.
 — Und zack! ist er durch die Fensterscheibe verschwunden, ab in den Wald und nur noch Tropfen von dem Fett laufen die Scheibe herab, die gar nicht kaputt ist, und was wollt ihr dann essen?

— Du machst Witze! Betty wiederholte Fabians Worte, Niki hatte sich noch nicht entschlossen, ein ungläubiges Gesicht zu machen, er sah das Ding wohl wirklich durch die Scheibe fliegen. Er starrte mit festem Blick die Kinder der Reihe nach an und versuchte zu lachen ohne zu grinsen.

— Natürlich mache ich Witze, aber morgen machen wir Kartoffelpuffer und lassen sie bis zur Decke fliegen.

— Igitt. — Was ist das denn? — Kein Apfelmus! Er hatte den Anschluss verpatzt, die Szene erstarb, alles sank dahin...

— Könnt ihr mir eure Lieblingsessen sagen? Er nahm zwischen backen und reden und reden und essen einen Zettel und schrieb, zuerst aus der Erinnerung, dann nach Zuruf eine Liste, die lang wurde. Das müssen sie alles woanders kennengelernt haben, nicht in dieser Küche.

Sein Lieblingsgericht fehlte: süsse Möhrchen, Kartoffelbrei und Bouletten mit Thymian und einer Sauce, deren Herstellung mit heissem Fett, brodelnder Pfanne und einer riesigen Dampfwolke verbunden war, zu der die Mutter immer: Revolution! sagte. Martin hatte mit seinem Eierkuchen den Nerv des Geschmacks getroffen, den, der in die Gesichter Grübchen drückt und der sich noch nach fünfzig Jahren im Gedächtnis rühren würde.

Für das Folgende gab es keine Überraschungen, keine Witze und Worte, nur angehaltenen Atem: sie mussten den Kram auf dem Herd und dem Tisch wieder loswerden, sauber machen, einräumen ausfegen, lüften. Martin dirigierte mit Zeichen, geredet hatten sie genug. Sie lernten und ihr Eifer liess nicht nach. Es blieb ein Rätsel, woher die Drei ein Vernunftgen hatten. Niki blieb von manchem ausgeschlossen, bis die Grossen ihn in den Besenschrank lockten und und die Tür verriegelten. Eine Maus und ein Stück Zucker spielten dabei eine Rolle. Zucker und Maus konnten sprechen.

Der Spieler verschwand und erst als mit einem Schrei aus dem Schrank die kurze Pause des Stücks vorbei war, als die Bühne geschlossen und die Zuschauer herumstanden, wechselten die Rollen. Niki verhandelte nach dem Wutschrei.

Er hatte nichts für seine Freilassung anzubieten, verkaufte sich auch nicht über Dienste wie Schuheputzen oder Aufräumen. Er operierte mit zwei Drohungen, die er variierte und dann verschärfte: wenn ihr in der Schule seid...
– Wir müssen ihn frei lassen.
– Warum hast du keine Angst da drinnen?
Sie schlossen auf. Das Licht streifte ihn nur. Die Schuhe, die Knie, eine Hand vor dem Bauch, die Nasenspitze und zwei Locken. Er schritt heraus mit Siegerblick, beschleunigte dann, stürzte sich auf den Küchenwagen und schob ihn so schnell er konnte aus der Drehung heraus Betty in den Bauch.

Das Stück ging also nicht weiter; der Zuschauer nahm die Schultern nach oben und hielt die Hände, die schon Beifall klatschen wollten, zurück. Die lieben und braven, etwas bleichen und langsamen Kinder, denen kein Zank und Streit mit langer Vorgeschichte ausdauernder Konflikte, zuzutrauen war, verliessen Theater, Bühne und Stück und landeten, vielleicht zum ersten Mal, ohne Idylle und Worte in der unkontrollierbaren Realität, weit entfernt von mildernden Metaphern und betäubenden Vorstellungen. Fabian hielt Niki von rückwärts umschlungen, drückte ihm die Brust ein, hob ihn an und liess ihn mit strampelnden Beinen nach Luft ringen, während Betty, das Pfannenmesser in der Hand, Anlauf nahm. Martin stand still. Die Metapher heisst angewurzelt und führt ganz und gar von aller Erkenntnis fort wenn nicht das wie dazugesellt wird. Nicht das Geschehen war zu schnell für ein beherztes Eingreifen, nicht seine Leitungen waren zu langsam: die Lage war absolut neu und viel zu komplex als dass er aus sich heraus sofort Wort und Bewegung zur Verfügung gehabt hätte. Die Botenstoffe in Gehirn und Körper blockierten sich gegenseitig und allein der Anblick des Pfannenmessers vor den strampelnden Beinen verhinderte die zwei Gedanken, die die Blockaden hätten brechen können.

Die Kinder hatten sich aneinander gefesselt: Fabian hielt Niki, Betty umklammerte beide und Niki krallte sich mit freier Hand in Bettys Haaren fest. Hier geschah dasselbe wie in Martin, dreifach, ohne Einfluss aufeinander. In die Stille und nach den Sekunden ohne Bewegungen rief er ein ziemlich gewaltiges Stopp. Sie liessen los, Niki fiel zu Boden, drehte sich auf Knie und Hände und stand auf. Wenn sie jetzt in prustendes Lachen ausgebrochen wären, hätte Martin an die balgenden Löwenkinder gedacht, die unter Anleitung der Mutter Beutefang übten. Hier senkten sich die Köpfe unter unsicheren Blicken. Wage es, genauer hinzusehen: weder Schuld noch Böses in den Zügen und Augen.

Sie unterliessen alles: keine Ermahnungen, Belehrungen, Zurechtweisungen, keine Erörterung der universellen und zugleich transzendentalen Fragen: Wer hat Recht? Wer hat Schuld? Wer hat angefangen?

Martin sagte tatsächlich nichts weiter, obwohl ihm das ganze Repertoire zur Verfügung stand. In den Augenblicken lagen bessere Angebote der Verständigung und der Auflösung diese Konzentration aus Zupacken und Schütteln. Noch ein Lächeln versuchen, das ein ganz klein wenig Verständnis, aber keine Zustimmung bot und sagen wollte: da braucht ihr doch nicht hinein, erschreckt vor euch selbst und erinnert euch an diesen Moment, dauerhaft. Sie konnten das nicht herauslesen aus dem Lächeln und dann berichten. Fabian behielt es sieben Jahre in Erinnerung, dann wurde es ersetzt.

Er griff sich Niki und setzte ihn auf seinen Stuhl, sanft, aber schnell. Rübenziehen oder Brontosaurus? Er hatte die Spiele oben gesehen. Sie stimmten für die Hasen, die sich auf den Weg machen, Rüben vom Acker einzusammeln und auf dem Rückweg in Gefahr geraten, ihre, mit Hilfe des Würfels ergatterte Rübe an andere Hasen wieder loszuwerden. Für Fabian zu einfach, für Betty noch ein Vergnügen, für Niki, der den Würfel nur dann akzeptierte, wenn er ihm Vorteil brachte, eine Herausforderung. Martin war bei den Überschriften seiner Zeitung nebenan im Glashaus, schaltete ab und verbot sich, Lehrer und Kommentator zu spielen, versagte sich auch, mit Ehrgeiz um den Sieg zu spielen. Betty verliebte sich in ihren violetten Hasen. Sie redete ohne Pause. Das Spiel hatte ein Idiot erfunden. Sieger war, wer mit Können und Glück die meisten Rüben nach Hause geschafft hatte. So ist das Leben, an allerlei Stellen. Aber hier wurden die realen Rüben – es sollten Mohrrüben sein: in der Vorstellung als Würfel gedünstet und mit Zucker glasiert und dann vom Viehfutter zu Möhrchen geworden, dieselben, die Martin vorhin durch den Kopf gegangen waren – noch einmal dem Los ausgesetzt. Martin verteilte reihum einen von ihm gemischten und verdeckt gehaltenen Kartenstapel. Jeder bekam so viele Karten wie er Möhren gewonnen hatte, und als sie aufgedeckt und bewertet waren, hatte Niki, der die meisten Rüben besass, das Spiel verloren: Zwei seiner nun in Bilder umgewandelten Rüben waren als faul abgebildet und erhielten keine Punkte. Niki zeigte keine Reaktion, Martin streifte eine mit Wut geladene Erbitterung: Die Letzten werden die ersten sein... nur sie halten keine Rüben mehr in der Hand, sondern Bilder, die man nicht essen kann. Spätestens in der siebten Klasse wären die Fächer Religion und Ethik abzulösen durch ein Fach: Aufklärer aller Länder vereinigt euch, es gibt schon wieder eine Menge abzuklären. Die Suche nach geeigneten Lehrern wäre vergeblich. Martin schwankte hin und her. Dabei sass er fest auf seinem Stuhl und sah der Metapher nach. Dann endlich: ich werde hier nichts sagen, vor allem nicht: so ist das Leben nun mal.

Im Stillen bastelte er ein Mensch-ärgere-dich-nicht-Spiel zusammen. Man könnte das Spielfeld mit Filzstift auf die Resopalplatte malen und die Figuren von einem Besenstil abschneiden. Eine Säge müsste es geben. Diesmal gewann Fabian die meisten Rüben.

— Das mit den Karten brauchen wir nicht, sagte er bestimmt.

Die Kinder erhöhten das Spieltempo. Martin hielt mit, obwohl er mit seinen Vorstellungen ganz woanders war. Er automatisierte die unmittelbare Gegenwart und genoss im Glashaus Tabak und Neuigkeiten, streifte die weisse Bluse und das Bild der bunten Quadrate und erschütterte sich dann mit dem Blick im Büro der Frau Wagener, trug Marlene noch einmal die Böschung hinauf und dann noch einmal und versuchte etwas zu finden, das er übersehen haben könnte,

bis er darauf kam, dass es die Augen waren, fuhr morgen die Kinder in die Schule und brachte Niki in den Kindergarten, las ihnen heute Abend eine Geschichte vor und als das fünfte Spiel zu Ende ging, graute ihm gerade vor diesem Wohnzimmer. Er könnte kurz nach Hause fahren und das Nötigste holen, den Schlafsack.
— Warum machst du einen Buckel?, fragte Betty.
— Ich habe nur einen Punkt und hatte fünf Rüben.
Jeder konnte sich sein Teil denken, oder auch nicht. Wann sollte er anfangen, dieses weltumspannende Kommunikationsgeschwür der Gerechtigkeit den Kindern zu erklären? Mit der Freiheit ist das alles schon nicht einfach. Er durchstiess eine Mauer und glaubte für die Dauer von Renates Blick hinter die Zukunft gelangt zu sein. Niki hatte mehr Glück als in den vergangenen Spielen. Mit schnellen Tritten gegen die Tischbeine bearbeitete er die Freude darüber. Martin machte Licht. Weil ihr Leute schuldig seid wird euch die Gerechtigkeit immer eine schwärende Wunde im Fleische und ein Windei im Kopf sein, habt ihr das nicht im Konfirmandenunterricht gelernt?

8

Marlene

Abräumen, einpacken. Acht Hände beluden den Karton und als Martin den Deckel aufsetzte und man die Luft entweichen hörte, klickte das Türschloss draussen.
— Das ist Mama. — Sei still!
Sie stand in der Küchentür, ein wenig vorgebeugt, eine Hand oben am Türrahmen. Ein Tor in der Tür für Martins Flucht. Wie sollte sie auch von ihm wissen? Sie begann zu schreien, lief an und haute en passant auf ihn ein. Er gelangte, den

schwarzen Blick der sanften Marlene schneidend, zur Tür, im Ohr ihre Schreie, dann endlich Worte die er verstand. Zu laut, zu schnell, reissend. Sie stand als Silhouette vor Tisch, Kindern und Fenster. Dann war es still. Niki zog den Rotz hoch.

Martin drehte ab, erreichte Haustür und Treppe. Hier ist der Hof, Sandflecken im Grün, der Zaun, der Wagen. Er gehorchte ihren Befehlen so lange bis er im Wagen sass und den Motor anliess. Der Nachhall der Schreie hörte auf und kam nicht wieder, als er den Motor abstellte. Noch so tiefes Einatmen füllte die leere der Entschlusslosigkeit nicht auf. Es begann von allein, wie immer. Zuerst proben: hören sie junge Frau, so geht das nicht. Nein, so ging es nicht. Als er ausstieg würgte er sie in roter Wut und schnitt ihr dabei die Lippen ab, beim Lauf über die Treppe schimpfte er noch lauter als sie, auf dem Flur wurde er ironisch und viel leiser. Und im Türrahmen brachte er kein Wort heraus.

Dort sah ihn Betty. Das bemerkte Marlene und drehte sich um. Sie wirkte mit den Augen, selbst im Gegenlicht war der instückeschneidende Blick zu sehen.

Martin redete, sagte, was zu sagen war, Fabian bestätigte und während Martin dankbar und bewundernd hinsah, setzte sich Marlene in Bewegung und noch ehe er von Fabian loskommen und selbst eine Bewegung machen konnte, lag sie vor ihm, die rechte Hand mit sehr langen ausgestreckten Fingern auf seinem Schuh. Der Rest ein dunkler Körper. Die Gesichter der Kinder, die schon den Mund zum Losheulen verzogen, verwirrten ihn noch mehr als diese Hand. Vorübergehende Anpassung an vorübergehende Lagen! Was sonst? Manche sagen, man muss es im Blut haben, andere plädieren für Training unter Anleitung. Einer meint: es geschehe immer, von selbst! Es sei basaler Lebensvollzug und glücke bei weitem nicht immer. Was heisst schon glücken?

Martin gelangte in den angeregten Bereitschaftszustand, in dem er sich heute morgen an der Böschung mit Marlene auf den Armen befunden hatte.

— Wo ist das Telefon? – Oben? – Im Flur. Holt eine Decke und ein Kissen, kein Spielzeug.
Er wählte den Notruf, gab Adresse und Dringlichkeit an.
Dann das Krankenhaus. Erleichterung auf der Station. Sie war ihnen entkommen, sie hatte sich aufgelöst. Jetzt und nun hat niemand Zeit an die Zeit zu denken. In der Ferne ein Martinshorn. Er horchte konzentriert, es kam von draussen, nicht aus seinem Kopf.
— Wer macht das Tor auf? – Wir dürfen das nicht.
Er schob seinen Wagen ein Stück beiseite, zog das Tor auf und klemmte die Flügel im Sand fest.
Sie liegt auf den kalten Steinen, wo ist das Kissen, die Decke? Nicht anfassen. Die Kinder müssen schwören können: er hat sie nicht berührt, sie hat ihn gehauen.
Noch einmal den Körper tragen, diesmal durch Türen hindurch und an hakenden Klinken vorbei, Treppen hinab, nicht nachfassen dürfen wegen der Erschütterungen, die Arme nicht verriegelt wie die Fänge des Bussards, gleich werde ich sie fallenlassen. Er holte die Kinder aus der Küche und setzte sie ins Auto, Fabian nach vorne.
— Du kannst dich schon anschnallen. Er stellte die Gurthalterung tiefer.
Kein Horn mehr, dafür das Kiesgeprassel aus der scharfen Kurve zum Waldweg. Betty und Niki sitzen unter seinem grauen Mausefell und kichern, strecken die Arme in den Stoff, eine Riesenmaus, die etwas Grosses verdaut. Sie haben die Mama vergessen. Er fährt mit der Hand aussen entlang, erwischt einen Kopf und umrundet ihn langsam.
— Horcht, der Wagen kommt.
— Gleich geht es Mama gut.
Martin lässt Marlene ohne Beistand liegen, er weiss genau warum, sagen wird er es nie. Ihre Behauptungsworteworte in der Küche haben alle Gedankengewebe zerrissen, die seit heute Morgen entstanden waren. Er wird sich nie mehr in die schöne Gestalt, in die Augen und in die sanfte Seele verlieben, er wird niemals wieder den Ansatz des Gefühls erleben: hier gehe ich nicht wieder fort. Er trennte sich schwer von der

Trauer, stieg aus und wies den Wagen ein. Die Aktion lief an. Farben, Befehle, schnelle Bewegungen. Er sagte:
— Kopfverletzung, Verkehrsunfall heute Morgen, aus dem Krankenhaus Wellhaide eigenmächtig ausgerückt wegen der Kinder. Bitte dorthin bringen, sie wird erwartet.
Er schloss die Haustür ab. Unter dem Arm trug er die andere Decke und das Kissen, mit dem Betty und Martin Marlene versorgt hatten und eine Tüte. Er hatte sie oben in Marlenes Zimmer gefunden und mit Wäsche und Teilen gefüllt, die im Bad herumstanden.

Sie gerieten in die Wendespur des Krankenwagens, Martin reckte den Kopf. Das Tor blieb offen. Wir kommen wieder.
— Wir müssen wissen, wohin sie die Mama bringen und ob sie es dort gut hat.
Keine Albereien mehr. Nachdem sie gesehen hatten, wie ihre Mutter in den Wagen gehoben wurde, blieben sie still. Nur ihre Füsse trommelten gegen die Vordersitze und ihn störte die Unberechenbarkeit des Rhythmus. Den holte er sich aus dem Radio. Die alte Cassette schob er hinein und sog den fröhlichen, ganz losgelöst unbekümmerten Sound ein. Der Körper stellte sich um, wie unter einem Medikament. Und da er das traurige Schicksal der Musiker kannte und mitlaufen liess, ergab sich aus Gefühlen und Gedanken ein breites Milieu aus Glück und Leid im Körper.

Dem Krankenwagen konnten sie nicht folgen. Martin fuhr langsam, trotz der zündenden Musik, gegen die die Kinder nicht protestierten. Hinten gab es keine Sicherheitsgurte, keine Kindersitze, sie wären ihm bei einem Aufprall durch die Scheibe geflogen.
— Du fährst zu schnell, sagte Fabian mit Nachdruck und bringt es fertig, ihm die Selbsttäuschung zu erklären. Der Steuermann und der Kapitän haben jeder ein Ruder und wissen das nicht und manchmal drehen sie das Räder gegenläufig. Martin kam mit dem Bild nicht zurecht. Der sanfte Blues verzögerte die Rückkehr zur Aufmerksamkeit.

— Bald wird Mama wieder in ihrem Bett liegen. Sie hat sich Sorgen um Euch gemacht und ist einfach abgehauen.
Die Kinder sagten nichts dazu, sie waren bei sich und Martin versuchte, mitten in dieser Ortschaft mit zahlreichen Ampeln, die so leicht für ihn heute zu übersehen waren, seine Aufmerksamkeit zu schärfen und auf das Fahren zu richten.
— Die Ampel war schon rot, sagte Betty.
Martin kam aus der Tagesabrechnung zu sich. Er glaubte, bei der Sache zu sein, war aber durch den Tag geschwommen, der sich ihm einzigartig immer neu darbot. Seit Jahren hatte er nichts erlebt, das dieser Abfolge von Ereignissen gleichgekommen wäre. Was macht schon die rote Ampel aus wenn er daneben stellt, was ihm heute alles gelungen war, was er durchlebt hat ohne den Kopf zu verlieren. Nie gesehene Ereignisse, neu. Ich habe das heute schon mal bedacht.
Das grosse Bild von den Horizonten der Zukunft bemühte er nicht, sagte sich nur: vor dem Horizont kreuzen Kanonenboote, von Marlene aufmunitioniert, scharf; oliv mit weisser Schrift: Kinderschänder. Nach dem Besuch im Krankenhaus werden Entscheidungen für die Nacht und für morgen notwendig sein.
— Wie hoch ist der Schornstein dort drüben? — Tausend Meter?
Fabian protestierte und sagte: — Fünfzig Meter.
— Könnte stimmen. Aussen kann man hinaufklettern, seht ihr die Leiter aus eisernen Klammern. Wer klettert mit mir hinauf? Warum blinkt dort oben eine rote Lampe?
Der Schornstein verschwand als Betty die Antwort gab.
— Wir fahren mit zum Krankenhaus, damit Mama nicht allein ist. Martin sprach wieder in das Schweigen hinein.
— Müssen wir da schlafen? — Nein wir sagen nur, dass sie gut auf Mama aufpassen sollen.
Martin war schon auf der Station und suchte ein Gesicht, das er ansprechen konnte.
Wie hat Marlene überhaupt entkommen können und wie ist sie nach Hause gelangt? Ein Traumgedanke an die Kinder

hat ihren Schlaf aufgeschlossen und zugleich das Mamaprogramm angemacht. Martin versuchte, diesen Satz, den er ein wenig getestet hatte, den Kindern mit einem anderen Satz zu erklären. Er kam nicht zurecht.
— Wer sieht ein Schild mit einem roten Kreuz?
Niki und Betty schliefen unter der Decke, Fabian reckte sich empor und plinkerte schnell. Sie träumten und und wussten nicht wo sie waren. Martin verglich das Straßenbild im Hirn mit dem, das sich den Augen bot. Er stemmte sich in den Sitz hinein, versuchte die Lehne steiler anzustellen, es ging nur in Sprüngen über Rasten und er fand nie eine passende Stellung. Der Automat vor der Schranke hielt die Karte schon bereit. Kalte Luft wehte in den Wagen.
— Wo sind wir? — Wo ist Mama?

9

Auf Station

Den Namen der Station kannte er. Mit den Kindern an der Hand begann er, die Wegweiser abzulesen. Er erklärte Betty und Fabian die Zeichen und Abkürzungen. Nun waren sie schneller als er und dirigierten die kleine Abordnung durchs Haus. Er verliess sich auf sie und suchte nach anderen Zeichen: nach Gesichtern und Stimmen, irgendwer musste diese Geschichte erfahren, jede Anteilnahme würde ihn stärken. Frau Schneider hatte ihn beinahe vertrieben, was geht in ihr vor? Eine besondere Art von Angst muss sie so gehörlos und blind machen. Die Ärztin und die Schwester, sie konnten gutsagen. Frau Schneider... sie stand so dicht vor ihm, beinahe hätte er die Hand nach der Vorstellung ausgestreckt. Die Kinder hatten weder Recht noch Beredsamkeit, sich auszudrücken und den Mann, der Eierkuchen in die Luft wirft und der alles erklären kann, zu verteidigen. Ihre Zuwendung konnten ihm nicht helfen. Er wird vor allem Beginn der Vergreifer sein.

Fabian verkündete das Ziel, er lief voraus: — Hier, hier, geht leise.

Sie setzten sich auf die weisse Bank ohne Kissen und besahen den Tresen der Station auf dem ein Monitor stand, der aus Zeiten stammte, als es die Kinder noch nicht gab. Ein Mann im blauen Bademantel kam aus einem der Krankenzimmer, brauchte Minuten, ehe er an ihnen vorbei war und schaffte es nicht, die grosse Tür zur Toilette zu öffnen. Martin blieb sitzen, Fabian traute sich nicht, die anderen sahen nicht hin. Als der Mann mit seinen Krücken unendlich langsam begann sich nach ihnen umzudrehen, startete Martin und war bei Tür und Mann, noch ehe der seinen zornigen und flehenden Blick auf ihn richten konnte.

— Klopfen sie mit der Krücke, ich mache dann wieder auf. Keine Erklärung und Belehrung für die Kinder. Wie hatte er so etwas früher erlebt: die Mutter traute sich nicht, oder hielt es nicht für nötig, jeder muss sehen wie er zurecht kommt. Aber sie schickte ihn vor, trieb ihn an, liess den Vorwurf hören, dass er doch schon gross sei und von selbst auf die Idee kommen könne. Er erstarrte dann und wollte sagen: warum gehst du nicht.? Mit der Schwester machte er sich über die Leute, die anders waren, lustig. Fremd, gebrechlich, abartig, geht hinkend, Angst hatten sie nicht, Mitleid war unbekannt, es gab nur zu lachen, während die Mutter... Seine Vergangenheit als Kind von Eltern, die Zeiten durchlebt hatten, in denen Glaube und Meinungen erbarmungslose Gesinnungen schmiedeten, Jeder gegen Jeden stand und Vertrauenskreise winzig klein waren, konnte er hier nicht gebrauchen. Er sah nur Blau und Weiss als die Schwester hinter den Tresen trat und entschied sich für den eigenen Humor:

— Wir sind die Fluchthelfer. Und nannte die Namen der Kinder.

— Ich habe den Auftrag der Mutter, mich um die Kinder zu kümmern. Er gab die Tüte ab.

— Du hast gelogen, eben.

Betty unterbrach ihn mit diesem Satz, als er im Auto versuchte, das Restprogramm des Tages zu entwerfen. Sie meinte seine Worte oben auf der Station, nicht die über Martin als besten Pizzabäcker. Niki und Fabian schwiegen, vielleicht hatten sie auch nicht verstanden, was Betty meinte. Hat die Frau in der blauweissen Tracht auch gemerkt, dass ich nicht die Wahrheit gesagt habe? War sie deshalb so unfreundlich? Wusste sie mehr über Marlene? Martin übte Abschweifungen. Die Kinder erwarteten Antwort. Den Mund schmal machen und etwas anderes beginnen.

— Wir müssen noch einkaufen, sagte er leise.

Sie entfliehen, sie sind nicht einzuholen, wir sind getrennt. Eine Pizza könnte die Stimmung ändern, allein ihr Duft stimmt doch um. Sie können noch nicht sagen: mit Lügen wollen wir nichts zu tun haben. Aber sie können es ohne Worte beschliessen, irgendwo in dem riesigen Kosmos ihrer Hirne.

Martin fuhr den Wagen mit halber Aufmerksamkeit, dachte an die Lüge und die Anzeichen bei den Kindern und wich dann ab. Zuerst etwas mehr Konzentration auf die Strasse, dann Bilder von den Kindern herstellen, keine Worte machen. Sie hatten Mama gesehen, standen am Bett, legten die Hände auf den nackten Arm auf der Decke. Blickten nur kurz in das reglos ebene Gesicht mit den geschlossenen Augen. Schwarz lagen die Wimpern auf den Tränenquellen, dort, wo die Alterung unserer Körper zuerst beginnt. Das sah nur er. Wenn keine Augen da sind, fängt ein Gesicht ein Kind nicht ein. Das müsste experimentell nachzuweisen sein.

— Ich habe gelogen?

Er achtete darauf, das Fragezeichen nicht aufscheinen zu lassen. Manchmal muss man lügen, damit drei Kinder nicht allein zu Hause sitzen, nichts zu essen haben und immer nur warten, warten...

— Ich habe gelogen. Mehr sagte er nicht.

Dass die Mama sich geirrt hat und nicht recht bei Trost war, konnten sie sich selber sagen, Fabian bestimmt. Sein letztes Wort. Er war sicher, dass sie darauf zurückkommen würden, gerade Betty. Vergessen. Man kann es nicht organisieren.

Gelingt es, wird von Verdrängen gesprochen und darin liegt schon der Vorwurf einer Ungehörigkeit, ein Ausscheren aus der Herde der unzulänglichen, unaufhebbar defekten Erdenkinder.

Der Einkauf für das Abendessen unterbrach nur die Situation. Er liess die Kinder im Auto. Niki schlief, Betty beschützte ihn. Fabian wusste Bescheid. Man lässt nicht seine Kinder auf dem Parkplatz eines Supermarktes allein im offenen Wagen. Martin macht es, er ist nicht Mama.

– Was hast du gekauft? – Geheimnis, sagte er.

Er brauchte den Rest von Selbstbewusstsein um ordentlich zu fahren, den Vordermann einzuschätzen, links und rechts aus den Augenwinkeln das Unerwartete wahrzunehmen, vor der Ampel nicht wegzuträumen. Dort auf der Ablage unter der Scheibe blendete die weisse Zeitung. Er bat Fabian sie fortzunehmen. Ein Hamsterkauf am Kiosk im Krankenhaus. Die Hand des Mädchens, die nach dem Geld griff, war dieselbe, die auf seinem Schuh gelegen hatte. Fabian schob die Zeitung unter den Sitz und zeigte zugleich auf den Wegweiser, hinter dem sie abbiegen mussten.

– Danke. Der Junge begriff.

Mama Marlene hat drei Kinder. Wunder von Kindern. Fährt am frühen Morgen einfach von der Strasse, schreit mich an, begreift nicht ihre Lage. Wie hat sie sich diese Kinder beschafft? Sie muss sie nach Plan hergestellt haben, guter Plan. Zufall, alles Zufall. Warum fragt er nicht die Kinder aus. Wir haben keinen Papa, hatte Niki gesagt. Eine einzige Information. Ist die Mutter immer so oder erst seit gestern; lässt den Jüngsten allein zu Hause, fährt früh los; warum bringt sie ihn nicht in den Kindergarten? Vielleicht ist etwas mit ihr geschehen, das sie von der Strasse getrieben hat. Hatte er wirklich lebendigen Schatten gesehen?

Sind die Kinder vielleicht sonst ganz normal, nur heute nicht: schreiend wie ihre Mutter, sich ewig beklagend, meckernd, altklug redend über Dinge, die sie nie verstehen werden. Mit Zwölf ein selbstgebasteltes Referat über die griechische Polis halten und all den Unsinn wiederholen der darüber geschrieben worden ist, ohne jeden Anschluss an eine Realität, mit Vokabeln, die nie wieder in ihrem Wortschatz vorkommen werden. Ansprüche stellen, die niemals eingelöst werden können, erst recht nicht mit dem späteren Verdienst aus einer Beschäftigung, für die sie zwanzig Jahre lang in die Schulen gegangen sind, Ansprüche aufbauen, die zu Ohnmacht und zu vollkommen ungerechter Existenz in einer vom Bösen besessenen Welt verdammen. Nie freiwillig eine Leistung bringen, sich immer treten lassen, gleich beim leisesten Wiederstand und Widerspruch beleidigt sein und aussteigen, nie mehr zuhören können nach zehntausend Stunden Fernsehen. Getreue Abbilder ihrer Erwachsenen, die Unterschichten weniger betroffen als die anderen. Widerstand leisten gegen wachsende Antreiberei, immer so cool aussehen, als hätten sie alles jemals Gehörte längst wieder vergessen...

    Martin bremste sich. Er hatte allem Normalen ein Minuszeichen vorangestellt. Bald würden sie über ihn herfallen, Betty hat doch schon angefangen. So wie sie aussahen, könnte jedes Kind einen anderen Vater haben. Frau Wagener und die Schwester auf der Station hatten die Augen aufgemacht, ein ganz klein wenig weiter, aber so, dass die Brauen sich nicht bewegten und auf der Stirn nichts entstand.

    — Martin, wie viel geht in den Tankwagen da hinein?, fragte Fabian.

    Kurz abschätzen! — Siebzehn Kubikmeter oder zweiundzwanzigtausend Bettys.

Sie lachten und Niki wollte wissen, was Kubikmeter sind. Er sagte: ist. Fabian schwieg lange. Nie würde er sagen: dazu bist du noch zu klein. Er würde ihm eine vernünftige Antwort geben, wenn ihm Zeit gelassen wird, sie zu erfinden. Martin wartete mit auf Fabians Antwort und zähmte sich, loszureden und die Dreimaleinmeterkiste vorzustellen. Er konstruierte weiter an seiner Kindertheorie ohne ihnen die Fragen zu stellen, die sie leicht beantworten konnten. Ohne Theorie sieht man nichts. Ohne Annahmen, die sich überprüfen lassen,

kommen nur Zumutungen, Normen, Befehle heraus. Wann, oh wann wird diese Zeit einmal zu Ende sein?
 Fest steht: wenn man sie in Ruhe lässt und ihnen umsichtig die Welt zeigt und erklärt... Nichts steht fest. Mit solchen einfachen Thesen ist keine Theorie zu konstruieren. Die Plastizität des Lebens ist sehr, sehr gross... noch viel grösser als die möglichen Zufälle in der Umwelt. Martin hatte niemand, dem er hätte Rede und Antwort stehen müssen. Fabian stellte die Musik leiser und erklärte den Kubikmeter.
Wie muss die Bestätigung, das Lob ausfallen? Ausfallen!?
 Als er fertig war mit Nachdenken über die Frage des Lobes war es zu spät, noch etwas zu sagen. Das Kopfnicken, das Fabian gesehen hatte, musste genügen. Martin zeigte nach links auf den schwarzen Graben am Ahornweg, den die Scheinwerfer gerade überstrichen.

10

Pizzabacken

 – Ich habe Durst. – Ich habe Hunger. – Wir hätten alles einkaufen müssen. – Ich muss aufs Klo.
Und Martin muss das Auto im Dunkeln auf den Hof fahren mitten durch das Tor hindurch ohne mit den Spiegeln anzustossen. Und genau vor die Treppe am Eingang fahren, so, dass die bunten Scheiben um die Tür herum leuchten wie Zeichen zu Eingängen in andere Welten, die noch nicht entdeckt worden sind. Weshalb sollten die Gläser dort auch angebracht sein?
 Martin verliess diesen Holzweg schnell wieder, so war an das Sein, an die Realität, nicht heranzukommen. Immer wieder ausprobieren, so lange, bis die Realität begriffen hat, dass sie im Martin und eine andere im Fabian und so weiter hergestellt und Erkenntnis genannt wird.

Er hatte nun Blau im Sinn, das Glas oben in der Ecke, um das sich das Aussteigen der Kinder bewegte. Er nahm auch die Zeitung auf, sah grosse und kleine Buchstabenreihen ohne in den Sinn einzutauchen, brachte sie zu ihrer Schwester auf dem Tischchen im Glashaus zu den anderen Scheibchen, dasselbe Blau leuchtete auch hier noch... sitzen, lesen, rauchen, abgetrennt sein, einen Schluck nehmen.

Ausziehen, Hände waschen, nichts herumwerfen, Hausschuhe anziehen. Sie kamen nach Hause in lauter Spuren hinein, in die sie blind traten. Eine Befehlsgebung war überflüssig, die Ordnung des Abends entstand aus sich selbst, dort, wo jeder Zuschauer nur Chaos gesehen hätte. Martin machte die Runde. In der Zeitung versuchte er den Sinn des Kommentars zu fassen. Den Sessel schob er so zurecht wie er ihn später brauchen würde. Im Wohnzimmer stockte ihm der Atem als er sich auf das rauhe Polster der Couch legte. In der Küche leerte er die Einkaufstüte auf den Tisch. Dann hörte er Niki die Tür zuschlagen.

— Der nächste bitte.

Ein Abort: Holzdeckel, Terrazoboden, Wasserkasten mit Roststreifen, Porzellangriff an der Kette; er steckte die Nase in den Geruch nach feuchtem Eisenoxid, komplex verbunden mit den Spuren aller Exkremente, die hier jemals gelegen hatten und hielt den Atem an bis er von allein wiederkam. Das ist mein Haus. Der Wasserkasten rauschte leer, Kette und Klinke funktionierten exakt, das frische Wasser veränderte den Geruch um Nuancen.

Fabian drückte jedem ein Glas in die Hand und schenkte Limo aus. Betty und Niki setzten sich an den Tisch.

— Prost, sagte Martin.

Die nächste Stunde würde für ihn kurz, für die Kinder lang werden. Sie konnten ihm in seiner Rolle nicht helfen, er konnte ihnen die Zeit nicht verkürzen; eine Lehrstunde im Pizzabacken kommt nicht infrage. Sie hielten durch. Und Martin wusste nicht, wie er die Stille und Aufmerksamkeit deuten sollte. War es gelernte Disziplin, Gleichgültigkeit oder Faszination durch das Neue? Selbst als er die Tomatendose mit Gewalt aufbrach hielten sie eben den Atem an, nur Niki stand auf und sah näher zu. Erst als er den samtigen Teigklumpen in den bemehlten Händen drehte und den grossen Tropfen, der den Händen entgleiten wollte, gerade rechtzeitig auffing, begann das Theater. Mehr, sagten sie. Noch einmal! Pass auf!

Und unversehens drückte er Niki, der immer näher rückte, den Teig ins Gesicht mit der Rotznase, nahm einen Abdruck des Frätzchens, das in der nächsten Sekunde mit prustendem Protest hinter Teig und Hand auftauchte, unentschieden zwischen Lachen und Gekränktsein, bis einundzwanzig verharrte und dann — noch einmal, sagte, zusammen mit den Rufen der anderen.

—Ich auch, ich auch.

Nun war die stumme Stunde vorbei. Martin erklärte ein wenig, sie belegten den ausgestrichenen und mit der Tomatensauce übergossenen Teig mit dem geriebenen Käse und verteilten dann die Wurstscheiben in einer Spiralform, die vorgab, wer an welche Stelle die nächste Scheibe legten musste. Er liess Fabian den Backofen vorheizen und zeigte Betty die scharfen Ränder der aufgebrochenen Dose. Der nächste Horizont lag zwanzig Minuten in der Zukunft. Ihm würde der Duft des Oregano fehlen. Die Kinder wussten nicht davon. Mama backt nie Pizza, hatte Niki gesagt.

— Ihr wisst in Mamas Garten Bescheid. Wir brauchen heute Abend ein Kraut, das Oregano oder Majoran heisst, nicht Thymian wie heute Mittag.

Betty und Fabian rüsteten sich für die Expedition. Betty holte von oben eine Taschenlampe. Mit Niki sah er dem Tanz des Lampenlichts im Garten zu. Ab und an schob er die Speckgrieben durcheinander, stellte dann die Pfanne schräg und teilte Grieben und Fett.

Sie hatten den wilden Majoran ausgerissen. Die vertrockneten Blätter unten an den Stengeln zerkrümelte Martin in der Hand und liess alle schnuppern bevor er die Ofentür aufmachte, das Blech ein wenig hervorzog und den Blättergrus über die Wurstscheiben streute. Er verteilte Wurst und Käsestücke gegen den grössten Hunger und liess am Ende, als nur noch fünf Minuten zu backen waren von den Speckgrieben kosten. Alle Vier erlagen der Verführung, mit Mühe konnte er sich davon abhalten, alles auf einmal zu verschlingen. Stumm zeigte er auf den Küchenwecker, der jeden Moment läuten musste.

Jetzt setzte der Oreganoduft ein. Vier Köpfe vor der Scheibe betrachten die Landschaft aus aufquellendem Teig und platzenden Käseblasen in denen brutzelnde Wurstscheiben schwammen. Nur der weisse Rand ringsum war nicht in Bewegung, hier vorne wurde er schon braun. So lange können Augenblicke dauern.

Für Martin zerfielen die Momente als er hinter dem Bild das leere Blech sah, Abwaschlappen und Bürste bewegte und den Anruf verstand: was machen wir, wenn wir mit alldem hier fertig sind? Wir gehen ins Bett! Wer, wo, was zuerst, duschen, waschen, Zähne putzen, vorlesen, toben. Wie bekomme ich die Rituale heraus ohne Ausfragerei? Sorgen um den Fortgang, der nicht gesteuert werden muss. Die Kinder sind robust, sie würden selbständig handeln und ihn mitziehen in ein Ritual hinein, das er nicht aufzuziehen brauchte. Und Niki ist schon zu gross für ein Verzehren der Himbeerzahnpasta als Nachtisch, gleich aus der Tube. Sie würden auch Neues mitmachen, immer auf dem Weg bleiben in den Schlaf, dem das Alleinsein mit sich und der Zeit vorangeht. Wie leer und wie voll ist für Kinder dieser Raum, den sie nie anstreben?

Er liess sie ins unsichtbare Feuer schauen und beschrieb mit seinen Worten, was sie zu sehen lernten. Dann ging alles ganz schnell. Topflappen her, raus mit dem Blech auf die Hand. Zwischen den Kindern tanzte er hindurch und liess die Pizza über den flachen Rand auf den Tisch rutschen. Sie gleitet, sie bricht nicht, sie ist gelungen. Runde Münder und grosse Augen, sie sehen alles zum ersten Mal und haben weder Bilder noch Worte auf Vorrat. Das Staunen ist verzögert, die Reaktion langsam, Kinder haben eine lange Leitung und das ist recht so. Martin zerhackte den krossen Teig mit dem schweren Kochmesser auf der Tischplatte. Die

Stücke sprangen auseinander. Er verteilte sie auf die Brettchen, die Niki vorhin ausgeteilt hatte. Morgen würde ein anderes Ereignis hier stattfinden, vielleicht Kartoffelbrei mit Frikadellen und Möhrchengemüse.

— Die Stücke sind noch viel zu heiss, pustet sie kalt, dann schmecken sie auch besser.

— Niki, schieb mal dein Brett herüber, ich werde dir kleine Stücke schneiden. Niki nahm das Angebot an.

Martin dachte sich einen Seufzer zum tiefen Atemzug, pustete selbst über sein Stück und sah dann in die Runde. Sie hatten noch keine Limo angefordert.

— Warum stöhnst du so, fragte Fabian.

Wie kommt er dazu den kleinen Seufzer als Stöhnen zu bezeichnen? Wie kommt er dazu, eine Warumfrage zu stellen, nicht bei der Feststellung zu bleiben? Martin seufzt, er hat es geschafft. Sie pusten und essen, schreien nicht nach Limo, halten die Füsse unter dem Tisch still. Vielleicht haben sie seine Lüge auch vergessen. Aber Martin will fort: mit der Pizza habe ich gerade noch Glück gehabt, alles andere wird schiefgehen. Den ganzen Tag habe ich meine Mutter nicht imitiert, keine Befehle, Kommentare, Vorwürfe. Nicht alle Stunde ein Satz, der bezweifelte, ob jemals aus dem kleinen Kerl etwas Vernünftiges werden würde.

Fabian und Martin blieben an der Frage dran. Martin kaute und formulierte Antworten, die er auf die Ereignisse des ganzen Tages bezog, Fabian sah ab und zu auf, er bestand auf einer Antwort.

— Ich werde immer tiefer in diese Lage hineingestoßen und ich sträube mich immer stärker ihr nachzugeben. Diesen Satz konnte er Fabian nicht bieten. Und die nächsten auch nicht. So nicht.

— Wir sind müde und aufgeregt, da muss ich schon ein wenig stöhnen. Oder:

— Ich sehe eure Mutter zurückkommen, diesmal nimmt sie das grosse Messer und sticht auf mich ein. Und:

— Frag mich morgen noch einmal, heute kann ich dir nicht ordentlich antworten.

Nun war es zu spät, eine Antwort zu geben. An Fabian war nichts zu erkennen. Selbst wenn er gesprochen, noch einmal gefragt hätte, niemand, auch nicht die grosse Maschine, die so schöne bunte Bilder lieferte, konnte sagen, was in Fabian verging, vollkommen normale Vorgänge wie in jedem Organismus mit zentralem Nervensystem. Fabian, wenn man sich erst so kurz kennt, stellt man nicht gleich so schwere Fragen. Erstens weiss kein Mensch, warum er plötzlich einmal tiefer atmet und dabei ein Geräusch macht, und zweitens, wenn er es weiss, wird er immer überlegen müssen: lügen, ausweichen und / oder eine der möglichen Wahrheiten sagen. Verhalten ist noch keine Kommunikation.

Martin schwieg also, übersah den Stand der Dinge und war zufrieden. Sie kamen hier ohne grosse und kleine Worte zurecht. Wenn er vermeiden konnte in den Ton zu fallen mit dem man Schwachsinnige anspricht, der so weit verbreitet war in vielen Medien... er nahm sich erneut vor, nur das zu sagen, womit er die Kinder erreichen konnte und alles Lernen so geschehen zu lassen, dass er ohne Belehrungen und weitschweifende Erklärungen über Anfang und Ende der Welt auskommen konnte, alle Sätze zu lassen, die nur als Luftzug die Köpfe durchwehten.

— Satt! Das letzte kleine Stückchen ging durch vier. Sie sahen auf, als Niki, der das kleinste Stück abbekam, protestierte. Betty regelte das schnell durch einen Tausch.

Und nun klar Schiff zum Nachtgefecht mit dem Alleinsein, der ziehenden Furcht vor Morgen, dem Geruch nach Vergangenheit. Sie fingen an, die Ellbogen aufzustützen.

— Betty und ich machen die Küche, ihr könnt schon oben alles vorbereiten, bestimmte Martin.

— Wir helfen auch.

Das Chaos oben ging ihn nichts an, in dem Katzenkorb hatte sicher jeder seinen Platz und wird ihn von allein finden. Eine Geschichte werde ich vorlesen, meine Geschichte? Ihre Lieblingsgeschichte, wenn sie eine haben. Und dann werde ich endlich ihre Augen nicht mehr sehen. Sie organisierten das Aufklaren zupackend, so als setzten sie gerade um, was sie

gelernt hatten. Keine Routine. Martin machte eine Runde und inspizierte die Vorräte. Ein Zettel! Im Glashaus wäre er beinahe geblieben. Ein Bier, eine Pfeife, die Zeitung und ab und zu ein Blick in den dunklen Garten, der sicher nach dem ausgerissenen Majoran roch und dann ein Blick auf die blaue kleine Scheibe rechts oben. Immer grösser würde sie werden.
— Martin, machst du das grosse Blech sauber?
Stumm zeigte er, wie man einweicht, abkratzt, aus den Rändern schabt. Viel war an dem Blech nicht mehr zu retten. Darüber sagte er auch nichts. Ein Glas fiel ihm aus der Hand, als er es oben in der Schrank, an den Fabian nicht herankam, stellen wollte. Es zerschellte auf den Fliesen mit einem Knall und dem Klingklang, wenn grosse und kleine Glassplitter über die Platten sausen. Das größte Stück vom Glasfuss verfolgte er bis an die Türschwelle, dann versuchte er, die Verteilung der Scherben zu erfassen und sagte laut:
— Keine Bewegung, ich fege alles zusammen.
Als er die Scherben in den Eimer geschüttet, Blech und Handfeger verstaut hatte und sich den Kindern zuwandte, sagte er leise:
— Rühren!, und verkündete dann das Nachtprogramm, so wie er es sich vorstellte: Wir machen uns fertig, Zähne putzen, aufräumen, vorlesen, jeder geht in sein Bett und macht das Licht aus, wann er will. Das kann doch gelingen, braucht nicht in Hauen und Stechen zu enden. Martin schleppte Erinnerungen durch, die sich nicht aufweichen liessen.

Sie stürmten um die Wette die Treppe hinauf. Martin wischte über den leeren Tisch; die Schnittspuren, die er erwartete, konnte er nicht entdecken, auch nicht, als er den Kopf neigte und so dem Licht eine andere Brechung gab.

Dann schrieb er den Zettel für morgen. Nikis Kindergarten kannte er nicht, hoffentlich wissen die Grossen Bescheid. Zuhause musste er Sachen holen und nach Marlene forschen. Ein Schlafsack wäre gut. Er ging in das verlassene Wohnzimmer, besah sich die Couch noch einmal, probierte die Schalter aus, zog die Couch auseinander und klappte die Rückenlehnen um, alles rund, hart und sehr staubig. Sah in dem Schrank nach, Glas mit Büchern dahinter, links und rechts Türen. Alte Sachen, Geruch, kein Geheimnis, das er jetzt brauchen konnte. Von oben kamen Stimmen, eine Melodie, Wasserrauschen. Kein Geschrei und Gekreisch wie auf dem Hof wenn mehr als Zwei zusammenwirken. Ein Sound der Ruhe, aus den Sprachstücken war nichts herauszufiltern.

Wunderkinder, unglaubliche Disziplin, besorgniserregende Einsichten und gezügeltes Verhalten. Wie hat die Mutter das gemacht? Er war wieder bei seinen Fragen. War er so neu und überwältigend für sie? Er hatte doch gar nicht in den Wald gerufen! Untaugliches Bild, Kinder sind kein Wald und seine Worte sind kein Ruf. Wie können sich die Erwartungen decken? *Du bist ganz neu für uns, aber wir kennen dich schon.* Haben sie meine Erwartungen gedacht, zerstreuen sie absichtlich meine Befürchtungen? Wie können so junge Köpfe so viel Plastizität zeigen: aber bei Mama wird das immer so gemacht und Mama sagt immer... immer.

Sie waren noch offen, das gibt es also wirklich. Änderungsfähig in der Zeit, wahlfähig bei den Sachen und kommunikationsfähig, schriftlich und mündlich, bemerkenswert. Dieser Gedanke ermutigte Martin, erfüllte ihn mit Zuversicht. Seine Bewerbung für die neue Schule erhielt eine Stahleinlage. Er nahm das Küchenhandtuch aus dem Hosenbund, warf es zum Trocknen über einen Stuhl, hörte: Wir sind fertig und schwang sich am Treppenpfosten die ersten zwei Stufen nach oben, so wie er es bei Niki gesehen hatte.

11

Betten

Er hatte immer noch keine Vorstellung und erst recht keine Entscheidung zu dem, was nun geschehen sollte. Sie sassen in Mamas Bett und lachten ihn an als er schnellatmend mit:
— Ist die Treppe steil, vor ihnen stand und versuchte Zeit zu gewinnen.
Es gibt keine Zeit zu gewinnen, diese Bilder vom Rummelplatz! Immer ist Jetzt, alles geschieht jetzt und im nächsten Moment ist wieder Jetzt, entweder er tat etwas oder er tat nichts. Die Wunder des Tages wiederholen sich nicht. Ihr Lachen war mit Erwartungen gefüllt, die er nicht bedienen konnte. Auf Bücher zur Auswahl hatte er gehofft, vielleicht auf die wilden Kerle, jeder will sein Buch durchbringen, drei Bilder, drei Geschichten am ausgestreckten Arm, meins zuerst.
Als er sich ganz langsam auf den Bettrand setzte, hatte er immer noch keine Idee und wusste nichts von dem, was sie sich erhofften. Aber er sass nun mal auf Marlenes Nestrand und hoffte auf das Preislied der Kinder auf den Mann, der da zwischen ihnen hockte: Wie schön haben wir den Tag geschafft, was haben wir gut, was haben wir schwach gemacht? Als er die schmale Bettkannte, die sich unter seinem Gewicht in den Oberschenkel drückte als Schmerz spürte, verschwanden diese Gedanken. Das hier ist kein Debriefing irgend eines Einsatzes, das ist noch immer lose zusammengehaltene Gegenwart, die gefestigt werden muss. Sie würden ein wenig verstehen und mich weiter anlachen:
— Wir wollen Brot und keine Steine.
Martin lachte nun mit, aber über seine Gedanken. In die Kinder konnte er nicht hineinsehen, ihr Medium ist undurchdringlich für jeden Zugriff, aber Formen konnte er darin versenken, kleine ...
— Es war einmal..., er band Niki sein rotes Taschentuch über den Kopf, henkelte ihn wie einen Korb ein, malte Tannenbäume und Blumen auf die Bettdecke unter der die Beine der Kinder steckten, sagte: — Wolf, ohne zu knurren, liess ihn mit Alltagsstimme sprechen, variierte undramatisch die anderen Stimmen und suchte dann nach dem Fortgang der Geschichte, deren Logik und deren wundersamen Fügungen

ihm nicht mehr geläufig waren, so dass die Kinder einspringen mussten um Anschaulichkeiten und Requisiten herzustellen, ging manchen Umweg, der nicht mehr verständlich war, machte den Wolf aus dem Bettdeckenzipfel und liess Niki, der freiwillig ging, unter der Decke in Rachen und Magen des fürchterlichen Tiers verschwinden, schlug es wortlos aber anschaulich tot und schnitt dann Niki aus dem Bauch heraus, entliess ihn in die Armen der Geschwister und versenkte den weissen Rachen des Wolfs über seinen Fingerspitzen mit sanften Worten in den Normalzustand des Bettes.

Der Tag hatte ein Ende und doch ging er weiter bis in die Schlafzonen hinein. Eine Sekunde lang, als Niki sich hinsetzte und die Decke heraufzog, lag Martin in Gedanken unten auf seiner Couch und fürchtete sich vor der Härte des Kopfkeils. Der Wolf war tot, aber die Mama war nicht da. Die Grossen wickelten Niki in die Bettdecke und brachten ihn ins Bett. Unter ihren Puppenworten sah nun das Rotkäppchen mit Wolfsaugen aus den Kissen. Er gab nicht auf, sich zu sträuben. Sie liessen von ihm ab. Martin stand auf und humpelte mit dem eingeschlafenen Bein ein wenig herum. An einer Stelle knickte er so stark ein, das er sich am Schrank festhalten musste.

— Ich bin unten bei den Usambaraveilchen, ich schlafe in dem alten Wohnzimmer auf dem Sofa, man kann es ausziehen und umklappen. Betty hielt sich den Mund zu.

— Morgen früh werde ich euch wecken und dann frühstücken wir zusammen was wir noch haben und dann bringe ich euch in die Schule und fahre mit Niki zum Einkaufen oder in den Kindergarten.

Er musste endlich heraus, für heute wenigstens. Klare Befehlsausgabe, Uhrenvergleich. Und ohne die Formel noch Fragen? hinkte er zu den Grossen und legte ihnen die Hand auf den Kopf, fest, nicht flüchtig. Sie hielten still. Wenn die Mama wieder da ist, gibt es Küsse. Ein Bein knickte auf der Treppe noch einmal ein. Der schnelle Griff zum Handlauf gelang.

12

Im Glashaus

Martin richtete sich im Glashaus ein. Zeitung, Pfeife und Tabak, ein Glas Wasser, im Rücken ein Kissen. Die Kühle und die schwache Beleuchtung durch eine 40er Birne machten ihn langsam. Er hob die Schultern und begann die Pfeife zu stopfen. Ferne Gedanken haben dabei nichts zu suchen; ehe aus den ersten Zügen Genuss werden konnte, mussten Aufmerksamkeit und Sorgfalt eingebracht werden. Die Verbindung zwischen Kopf und Mundstück ist zu locker. Mehr Disziplin, der Mangel ist zu beheben, so, so.

Mit dem kleinen Finger drückte er den Tabak in den Kopf, zerrieb eine zweite Portion und füllte weiter den schwarzen Schlund. Zu viel Kohle, auch der Kopf gehört abgeschliffen. Einmal auf die Schleifscheibe halten und das frische Holz mit Wachs einreiben und Glanz annehmen lassen. Dann setzte er den Filter ein, Keramikscheibe nach vorne. Die Beschäftigung mit der Pfeife und die Perspektiven, die daraus entstanden, dämpften das Verlangen nach der Zeitung. Beim Anzünden aber begann er zugleich, die Überschriften des unteren Teiles zu lesen, wechselte schnell zwischen Schrift und Tabak, der zu glühen begann und Züge ermöglichte, hin und her. Entspannung dann, als er das Streichholz in den Aschenbecher warf, den Tabak festdrückte und sich sagen konnte: alle Zeilen erfasst und mit Information und Verstehen und mit Sinn gefüllt, keine wesentlichen Abweichungen vom Erwarteten und Bekannten, Alarmierung entfällt. Nach der Rotkäppchengeschichte war er ruhiger, wollte nicht mehr, die Stimme Marlenes im Körper, davonlaufen. Er kam nun wieder ohne Befürchtungen aus. Zwei Frauen, die eine sanft in den Armen mit geschlossenen Augen, dann grässlich schreiend mit Verderben speienden Augen, die andere kühl und bestimmt, am Ende mit einem Lachen im Gesicht, das ihn immer wieder

aufsuchte. Und dazu drei Kinder, die schon bei ihm wohnen. Und morgen? Sie würden noch da sein, alle fünf.
　Der Rauch, den er genoss, wirkte und überlagerte all die chemischen Zustände seines Körpers, die von den Gedanken als Gefühle zu interpretieren wären. Weder Trägheit noch Verlangsamung sind treffende Worte dafür. Er entschied: das ist Behagen in der Nähe von Glück. Renates Gesicht, dunkelgerahmt, oval oder rund, und die weisse Bluse bildeten ein kleines Zentrum, in das er versuchte, gute Worte hineinzurufen. Gefühle müssen interpretiert werden, der Katalog mit den Sätzen muss her. Was sage ich sofort ohne rot zu werden und zu stottern, wenn ich sie morgen wiedersehe? Guten Morgen! Tonfall und Melodie, Lautstärke und Harmonie müssen stimmen. Er flüsterte:
　— Guten Morgen, und ängstigte sich kurz. Also Moll.
Dann liess er die vielen anderen Bilder des Tages hinein, bemerkte, dass nur wenige Worte gemacht worden waren, von denen keines zurückgenommen werden musste; ein Tag der Eindrücke, nicht der Worte. Die stehen in der Zeitung. Das Schreien der Marlene in der Küche versetzte er aus dem Tag hinaus, irgendwohin. Er paffte und liess die Pfeife viel zu heiss werden, legte sie fort, trank einen Schluck Wasser und griff dann zur Zeitung und versuchte, den Leitartikel zu lesen. Wir sind ein Land und zugleich viele Länder. Wenn Einland etwas will, sagt Vielland: das geht nicht. Morgen wird hier eine Meldung stehen in der es umgekehrt zugeht. Martin buchstabierte die Formeln mit Staat, Volk, Bürger, Bevölkerung, Leute und Nation durch. Hoffnungslos. Der Theoriemangel in doppeltem Sinn lässt nur das Bild vom Haus zu, das zu konstruieren und zu bauen ist. Aber die Konstrukteure können den Beton und den Stahl und den Backstein nicht vom Raum und vom Stockwerk und vom Fundament unterscheiden. Und sie haben keine Zeit im doppelten Sinne. Sie wissen nicht, wie lange eine Struktur durch die Mangel gedreht werden muss, bis sie abbindet.
　Die Enttäuschungen werden riesig sein, müssen sie wieder einen Krieg veranstalten und rechtfertigen? Solange

Evolution nur in Metaphern begriffen wird ... Die Dichter schweigen dazu, das ist verdächtig ...

Die Leserbriefe! Er blätterte und legte sich dabei auf den Gedanken einer Fahndung nach Marlene Schneider fest. Sie müsste aufzuspüren sein. Das Rascheln der Zeitung wirkte wie radieren an den Gedanken. Ein redlicher Mensch beklagt sich darüber, dass er alles nicht mehr verstehen könne, ein Professor stellt ein paar Dinge richtig, und ein anderer macht einen Vorschlag im Guten. Martin wurde neugierig auf das Feuilleton. Vielleicht findet sich etwas, das mit der eigenen Lage zu tun hat.

Das Bild zeigte ein kleines Gehöft inmitten von Feldern und Wiesen. Es sollte den von der Welt abgeschiedenen Denker symbolisieren, der sein Feld bestellt und sich um den Rest der Welten nicht kümmert. Ein Fehlgriff, eine Denunziation! Er sah sich in dem Häuschen in einer der Stuben, am Tisch vor einem vereisten Fenster, tauchte ein Stückchen Brot in eine Tasse ohne Henkel, auf deren Boden ein wenig heller, dünner Sirup stand, und eine Stimme sagte:

— teile es dir gut ein, mehr gibt es nicht.

Raus aus der Zeitung, aber wohin? Schlafen? Hier kommt kein Sandmann mehr vorbei. Dieses Haus ist ein leeres All, ich habe hier weder Ort noch Umlaufbahn.

Martin zog seinen kalten Parka an und legte sich ganz vorsichtig auf die Couch in dem unbewohnten Zimmer, rollte sich ein, die Hände unter dem Gesicht verkrampft. Staub fällt von der Decke. Die Nase schwillt zu. Der Mund hechelt. Drei Atemzüge ohne Gedanken, dann Stillstand, und noch einmal tief einziehen. Der Körper drängt schmerzhaft nach Luft, Atemnot ist kein Gespenst. Er stand auf und zündete im Glashaus die kalte Pfeife noch einmal an. Eine vorübergehende Nacht, die ohne Anpassung auszukämpfen war. Ein wenig wird er auch geschlafen haben werden.

Der Eindruck dann kam unerwartet: eine Wort- und Bildvision überzog sein Bewusstsein für wenige Sekunden. Mit dem Notizbuch setzte er sich an den Küchentisch, das Fenster im Rücken. Noch war das Nachleuchten da und er versuchte es, in haltbare Worte zu verwandeln und sie auswendig zu lernen. — *Und spräche nur einmal der Wald, nimmer wagten die Hirten im Wald die Herden zu weiden, die Räuber, sich dort zu bergen...* Das ist der Rest eines alten Liedes, mehr bekam er vom Wald nicht mehr zusammen.

13

Die Beamten

Er hörte nur das Klingeln, weder Motor, noch Schritte. Und daher der Stich des Unerwarteten, tief unterhalb der Rippenbögen. Es gelang ihm, zu entscheiden, keine Umstände zu machen. Er schob das Notizbuch zur Seite, ging durch die Küche in den Flur, bediente die Schalter für die Lampen innen und aussen und öffnete die Tür ohne Ängste und Erwartungen. An der Treppe unten standen zwei Polizeibeamte. Er stemmte sich mit erhobenen Händen in die Türfüllung, ein Bein auf der Schwelle, das andere auf dem Boden des kleinen Vorbaus. Er sah in ihre Gesichter unter den Schirmmützen, freundliche, leuchtende Augen, selbst in diesem Nachtlicht zu erkennen. Leute, die ihren Job mit Hingabe und unter starker Selbstkontrolle machen. Sie grüssten alle drei zugleich. Er bat sie ins Haus, machte mehr Licht, hatte keine Vorstellung von der Situation im Kopf, hatte nur das eben unmittelbar Wahrgenommene ohne Vergleiche mit einem Film oder einer Lage, die er schon mal erlebt hatte. Haben die Polizisten eine Vorschrift und eine Methode oder ein Programm, nach dem diese Lage abgearbeitet werden kann? Er hatte nicht einmal Angst, nur den Entschluss, ohne Konflikt auszukommen und ohne Diskussion weiter zu machen.

— Die Kinder schlafen oben, Fabian, Betty und Niki, sagte er leise.

Er ging voran, drehte sich wie Niki über den Knauf des Treppenpfostens. Die Beamten standen in dem zentralen Raum und mühten sich, nicht auf die herumliegenden Sachen zu treten. Das Licht, das er endlich angemacht hatte, fiel auf die Wände mit den Kinderzeichnungen und in die Zimmer, in denen die Kinder schliefen. In den Uniformen, einer Mischung aus Kampf- und Ausgehanzug, verschwand das Licht. Er zeigte auf die offenen Türen und flüsterte noch einmal die Namen der Kinder. Dann wandte er sich ab und ging ganz langsam die Treppe hinunter. Sie können da oben, wenn möglich, in Ruhe eine Entscheidung treffen, ohne zudringliche und erwartungsvolle Blicke. Die Kinder in Decken wickeln, aus dem brennenden Haus tragen, irgendwo abliefern, berichten, vergessen. Die Treppe knarrte, sie mussten hören können, dass er hinunterging.

Martin stellte drei Wassergläser auf den Tisch und setzte sich wieder auf Fabians Platz, den Rücken zum Fenster. Haben sie eine Taschenlampe, werden sie Licht anmachen und zählen, genau hinsehen, ob die Atemzüge die Decken heben? Bin ich schon auf der Flucht, hört man einen Anlasser, haben sie ihren Wagen abgeschlossen? Ich möchte mit ihrem Blaulicht flüchten, würde aber bestimmt nicht den Schalter finden. Flüchten und Lärm schlagen: falsche Polizisten bedrohen einsame Waisen. Warum habe ich noch nichts erklärt – sie lassen mir Zeit. Schweigen, nicht reden: nicht erzählen, einfärben, unsicher sein, den Konflikt herstellen, für Vernunft plädieren. Wenn hier ein Programm steht, ist alles Reden ohnehin zwecklos. Vielleicht haben sie Entscheidungs- spielräume, in die ich sie nicht hineindrängen muss. Eine Sozialarbeiterin haben sie nicht gleich mitgebracht, Männerstreife trifft auf Männerwirtschaft. Es könnte Sympathien geben.

Er stand auf und setzte Wasser auf. Pulverkaffee war noch da, angetrocknet, noch nicht versteinert. Wenn sie herunterkommen, können sie Kaffee trinken. Was wollen die überhaupt hier ohne weibliche Unterstützung? Sie wollen nach dem Rechten sehen, vielleicht haben sie so spät am Abend

auch keine Erzieherin gefunden. Nun sass er nicht mehr so aufrecht da. Er rührte in seiner Tasse und lachte über die Wassergläser, die er zuerst hingestellt hatte. Sie kamen die Treppe hinunter, allein. Als sie zögernd ohne Vollstreckergesichter in die Küche kamen, stand er auf.
— Bitte, sagte er einfach und machte eine Handbewegung, die einladend gelang.
— Bitte, sagte er noch einmal leise und goss Wasser in die Tassen auf die Pulverstücke. — Gut umrühren.
Es duftete nach Stärke und Qualität. Zucker und Milch standen in Reichweite und er setzte sich wieder. Angeklagter oder Beschwerdeführer? Er machte ein Gesicht, von dem er erhoffte, dass beide Vorstellungen zum Ausdruck kamen: ein wenig heruntergezogene Mundwinkel und freundliche, lachende Augen. Es musste bizarr ausgesehen haben. Sie wussten nicht weiter. Sie hatten kein Programm: wenn A dann B. Ihre Lage genau wie seine: neu, offen, ungewöhnlich aber friedlich, noch. Die Mundwinkel liess er frei und sah zur Seite auf das Ceranfeld des Herdes, achtete darauf, dass kein Grinsen entstand und kein Blitzen in den Augen. Er war geübt: den ganzen Tag in jeder Minute in einer neuen Lage. Er hatte heute mit sich Erfahrung. Sein Bericht kam mit sicherer Stimme, sachlich, cool, aber engagiert:
— Frau Schneider verunglückte heute um Achtuhrzwanzig vor meinen Augen... Ich habe sie ins Krankenhaus gebracht und dort ihre Adresse und ihren Namen erfahren. Habe hier nachgesehen und Niki angetroffen, der die Tür nicht aufgemacht hat aber zwei Informationen gab: seine Geschwister sind in der Schule in der Museumsstrasse, und: es gibt keinen Vater oder Angehörige, nur eine sehr alte Grossmutter in Hamburg. Ich fuhr zur Schule und die Schulleiterin, Frau Wagener, übergab mir die Kinder. Er konstruierte knapp, sprach nicht stockend, aber langsam.
— Frau Wagener hat mir die Kinder nicht übergeben, sie haben mich ausgewählt, ohne zu wissen, dass sie keine Wahl hatten. Wir haben den Tag verbracht, wie es notwendig war: Essen kochen, Schularbeiten machen, Spazierengehen. Am

späten Nachmittag kam die Mutter unerwartet zurück, brach hier zusammen und wurde wieder ins Krankenhaus zurückgebracht, aus dem sie, offenbar aus Sorge um die Kinder, geflüchtet war. Seit halb neun schlafen die Kinder.
Die Rede stellte sich selbst her, als ob er schon geprobt hätte. Und das hatte er getan, indirekt. Er hat den ganzen Tag mitgeschrieben und nachdem er sich gesagt hatte: tu das, fand es wohl automatisch statt mit Folgen für seine Formulierungen. Das Gehirn und der Körper müssen im Zusammenwirken noch eine Registratur betreiben, die, ohne dass Bewusstsein beteiligt ist und benötigt wird, funktioniert.
Er hatte gesagt, was er sagen wollte – nein, nicht wollte, von seinem Wollen konnte er gar nichts wissen. Er hatte gesagt, was er hinterher nicht widerrufen musste, etwas, mit dem er zufrieden war. Dennoch sass er nicht zurückgelehnt mit verschränkten Armen auf dem Stuhl. Vorne sass er, auf den Sprung, den Oberkörper aufgerichtet. Er wagte nicht, sich zurecht zu setzen und mit dem Rücken hinten anzustossen, um einen Gegendruck für die Entspannung in Bauch und Hüften zu suchen.
Sie standen zugleich auf, ohne ein Zeichen zu geben, setzten ihr Mützen auf, neue Mützen, die noch nicht durch Schweissbäder gegangen waren. Gut sahen sie aus, erinnerten ihn an seine Militärzeit, als Polizei begann, in einem modischen Zivil als Freund und Helfer aufzutreten.
— Wir kommen morgen wieder vorbei. Lassen sie sich das alles nicht zu schwer werden. Und wenn sie können, lassen sie sich von der Mutter irgend einen Auftrag geben, am besten schriftlich.
Sie sahen sich alle Drei in die Augen und vergewisserten sich.
Sie hatten vergessen, nach ihm zu fragen. Woher konnten sie schon wissen, wer Martin ist. Ihn berührte das nicht und er drängte ihnen auch nicht seine Karte auf. Aber er schrieb sich die Nummer ihres Reviers in sein Notizbuch, das neben den Einkaufszetteln lag. Sie sahen sich noch einmal an, er sagte danke und ging dann voran, machte das Licht, das die ganze Zeit über gebrannt hatte, aus und gleich wieder an. Dann

stand er frierend mit feuchten Händen und nassem Rücken in der Tür und sah die Rückleuchten ihres Wagens draussen vor dem Zaun, nun tanzten sie schon über die Schlaglöcher und glitten dann ruhig über den Ahornweg. Wie viel Laub schon abgefallen ist.

Wieder fremde Menschen, mit denen er auskommen musste. Wieder eine friedliche und freundliche Begegnung, bei der er seine schlimmen Erwartungen unterdrückte, wenig redete und seine Zweifel an irgendeiner Autorität nicht ausspielte. Er brauchte seine Erwartungen nicht hinauszuposaunen; die anderen wissen ganz gut, dass er dieselben Erwartungen hat wie sie: freundlich beachtet und gut belehrt, nachsichtig erzogen, ohne gegängelt und getäuscht zu werden. Also schwieg er eher, wartete ab, was die Anderen zu sagen hatten. Und darauf stürzte er sich dann nicht mit kritischen Worten sondern stellte einen versöhnlichen Anschluss her.

14

Auf der Couch

Der Besuch der Polizisten hatte die vielen Anfänge nicht entzaubert. Martin erlebte Zuversicht, unterdrückte aber alle Gedanken dazu. Er musste jetzt die Couch überwinden. Zuerst machte er Licht, mehr Licht, wischte mit einem nassen Lappen aus der Küche Staub, zog die Couch aus und klappte die Rückenlehne um. Die Decken im Bettkasten rochen nicht schlecht. Auf Strümpfen schlich er nach oben.

— Bist du noch auf, fragte Fabian leise aus seinem Zimmer.

— Ich kann nicht schlafen, ich brauche etwas zum Zudecken, es ist so kalt da unten. Kann ich Mamas Bett haben? Er meinte das Kopfkissen und die Zudecke.

— Du kannst ja in Mamas Bett schlafen.
— Ohne Mama geht das nicht gut, ich nehme nur das Zeug mit nach unten. Die Männer eben waren Polizisten, die nach dem rechten gesehen haben.
— Schlaf gut, sagte Fabian. Martin hörte, wie er sich herumdrehte.
Lieber eine Stunde arbeiten, das Zelt aufbauen, Feuer machen und dann fünf Stunden gut schlafen als sich immer nur behelfen und alles vorläufig sein lassen.
Er leistete sich unter Marlenes Decke, den Kopf auf ihrem Kissen, das Schauspiel: dort ist eine Bühne und hier sitze ich als Zuschauer, der sich selbst nicht sehen kann: Marlene kann nicht mehr sprechen, ihr Kopf hängt herab, nur Wimpern ohne Augen, das helle Haar schleift im Gras. Es duftet so wie jetzt, ich kenne den Namen. Ein Schuh bleibt liegen, eine Sandalette, mit der man weder kuppeln noch bremsen kann. Marlene ohne Augen im Krankenzimmer, Marlene schreiend in der Küche mit feuernden Augen: auf der Bühne sind sie erlaubt, die toten und lebenden Metaphern: dem Blitzen ihrer Augen folgte das Kreischen der Stimme.
Frau Wagner in Weiss aus der Gasse von links. Sieht sie die andere Frau? Sie sieht in den Zuschauerraum, tritt an die Rampe und breitet die Arme aus. Drei Kinder springen herein und tanzen die Gleichzeitigkeit der ewigen Gegenwart.
— Martin, mach uns noch eine Pizza.
— Wie seid ihr behandelt worden?
— Weder als Patienten noch als Unmündige.
Der Wind brauste über die Bühne und brachte alle Prospekte durcheinander; es müssen schwere Kastanien sein, die draussen auf das Dach des Glashauses trommeln. Die Melodie, die er sich dazu machte, ging schon in einen Traum über. Bewusstsein schaltet spontan ab und es bleibt nur der Traumhersteller tätig. Und der betreibt sein Theater nicht mit Vorstellungen und Gedanken. Aber womit? Wenn ich das wüsste, ich würde es sofort den Kindern verraten.

15

Der Morgen mit den Kindern

— Mein Wecker hat geklingelt.
In der Tür stand Fabian, ausgeschlafen mit weichem Gesicht, ungekämmt. Martin, geblendet, bei stillgelegtem Bewusstsein und noch ohne Seele, brachte Handbewegungen zustande, die bedeuten sollten: macht euer Ding wie jeden Morgen wenn ihr in die Schule müsst. Auf der Toilette lärmte er über dem winzigen Becken, hob mit einer Hand Wasser ins Gesicht, wischte mit Papier, das in den Bartstoppeln hängen blieb, die Tropfen ab, sog das kalte Wasser vorsichtig durch die Zähne in Erwartung des Schmerzes an den empfindlichen Stellen. Der frische Urin dämpfte den entsetzlichen Geruch nach Eisenwasser und Fäkalien, ein Geruch der für ihn mit Orten verbunden war, an denen getötet wurde. Die Schlieren vor dem rechten Auge blieben. Auch der Sprung in die Lage passiert einfach; raus hier, Schuhe an, wo ist die Uhr, eine Viertelstunde Fahrt, fünf Minuten Übergang. Wie lange brauchen die Kinder für das Frühstück? Wie lange dauert das Anziehen, und das Zusammensammeln der Schulsachen.
— Reise, Reise, Kompanie aufstehen.
Und nun zu den Kunststücken heute: Frühstück erfinden ohne zu wissen, was das für die Kinder bedeutet, Frau Wagener, die Leiterin, so anreden, dass er nicht wie ein tumber Fähnrich erscheint, der die halbe Nacht von ihr geträumt hat und die weisse Bluse mit der Fahne verwechselt.
Die grosse Uhr in der Küche half, alle Tätigkeiten zu markieren und ihnen eine Dauer zuzuweisen:
— Wir haben noch drei Minuten, dann ist Abmarsch.
Er hörte ein wenig dem Ticken zu, machte eine kleine Melodie, wie er es gestern Abend zum Rauschen des Windes in den Bäumen versucht hatte. Die Kaffeegläser räumte er ins Spülbecken. Dabei hörte er natürlich: dass die Leute nie ihren

Kram von gestern wegräumen können… Rechtzeitig aufklaren schafft Sicherheit. Den Anteil an Aberglauben liess er bestehen und bewunderte seine Hellsichtigkeit. Fabian kam herein, ausgeschlafen, gekämmt. Martin ging vom Becken auf ihn zu, zögerlich und drückt ihn dann eine Sekunde an sich. Fabian liess es geschehen, gab nach, hob langsam den Kopf als er ihn losließ. Sie sahen sich an, nicht lange, Martin musste heraus aus dem Blick und etwas sagen, das den Abstand wieder herstellte.
— Kannst du Frühstück machen wie Mama?
Fabian zog die Augen auf ohne dass seine Stirn in Falten geriet und nickte ganz leicht.
—Ich hole Betty und eure Schulsachen und die Jacken und die Schuhe. Muss noch etwas unterschrieben werden?
Betty sass im Bett. Sie hatte Licht gemacht. Jetzt steckte sie die Fäuste in die Augen, genau wie Martin es vorhin getan hatte. Er setzte sich neben sie; es fiel ihm schwer, lahm von der Nacht auf der harten Couch, langsam auf das niedrige Bett zu gelangen. Betty kommt von allein, lehnt sich den Moment an ihn, sagt nichts. Was sollte er sie bewegen und antreiben, sie hat Zeit sich an ihn zu lehnen. Nicht anfassen. Er sah sie an, nickte und erhob sich mit Schwung und ging ins Bad. Niki schraubte und wandt ein Stück Seife unter dem laufenden Wasserhahn. Martin holte Betty, den Finger auf dem Mund. Sie warteten gemeinsam darauf, dass ihm die Seife ins Gesicht springt und das kalte Wasser an den Armen herauf und herunter läuft bis unter die Acheln. Betty machte ihr Hicks und zog den Kopf ein.

Es roch nach Marlene. Hier konnte er sich besser versorgen als unten in dem Geruch. Er zog sein Hemd aus, stellte Niki mit: —Guten Morgen, im Vorübergehen auf den Wäschekorb, nahm sich einen der Waschlappen und drehte beide Hähne an der Badewanne auf. Niki blieb auf der Kiste und schaute zu, wie er unter dem lauten Wasser Arme und Oberkörper immer wieder nass machte und dabei prustete. Er suchte nach Deo, sprühte und fuhr nebenbei ohne Übergang mit dem Lappen über Nikis Gesicht, zärtlich, so dass er nicht protestieren konnte, spülte den Lappen aus und brachte ihn Betty, alles in einer einzigen, fliessenden Bewegung. Sie nahm den Lappen artig an und putzte sich Gesicht und Hals.

Diese Kinder kannten den Lappen- und Taschentuchüberfall der grossen Leute auf die Rotznasen nicht: zufassen, herumdrehen, befehlen und dann noch mit scharfen Fingernägeln in den Ohren wüten, blind und taub. Niki warf ihm die Seife hinterher. Er liess sie liegen, ging rückwärts, sah Betty, wie sie den Waschlappen auf den Mund presste und mit den Augen Lachen und Neugier machte, drehte sich dann um, fasste blitzschnell zu und hielt Niki oben in der Luft unter die Decke, drehte ihn eine Runde auf der Hand und gab ihm so einen neuen Blick auf seine Welt, der ihn erst mal eine Weile beschäftigen wird. Betty bat ihn, ihren Zopf zu flechten und brachte ihn so in grössere Verlegenheit als wenn sie die Anzugsfrage gestellt hätte. Martin zögerte in dieses Haar zu greifen das nun glatt und lang und ohne gelbe Grashalme dalag. Die Dreiteilung gelang und die zweite Flechte legte er richtig, so ging es von allein und ohne Klage über Ziepen bis ans Ende für das keine Befestigung da war. Es musste zusammen gebunden und dabei zugleich festgehalten werden. Das konnte er nur mit drei Händen.

— Ich schaffe das nicht, sagte er mit einem Frosch im Hals. — Nimm die Wäscheklammern!
Es war ihre Idee. Die Dinger beissen fest zu und sind leicht zu handhaben. Er konnte endlich die Hände herunternehmen. Good girl. Er wusste damals nicht genau, warum Kinder bei vielen Verrichtungen so langsam und träge sind. Und noch langsamer werden, wenn man sie antreibt. Wenn sie die Sache begriffen haben brauchen sie Zeit zum Umsetzen und jede Störung dehnt die Zeit. Niki überliess er sich selbst. Er war dabei, seinen Fussballplatz auf dem Boden, den er freigeräumt hatte, aufzubauen. Damit war er so beschäftigt, dass er Martin weder als Bewunderer noch als Hilfspersonal engagierte.

Was möchtet ihr trinken, Limo ist alle, heisse Milch mit Honig? Sein Angebot fiel durch. Betty prustete wieder und

sagte: Weisser Tee und Niki, dem das Entsetzen bei dem Wort Milch im Gesicht stand, rief:
— Kakao.
Erleichtert, entspannt nahm er zwei Stufen auf einmal nach unten. Fabian wirtschaftete schon viel zu lange allein in der Küche. Mit einem Blick sah er, dass Fabian zurecht kam. Brot und Butter, Brei und Milch, Tassen, Teller, Löffel, Zucker! Tee und Kakao fehlen noch. Warum gibt es hier keinen Wasserkocher? Martin stellt die Frage nicht. Fabian hat seine Aufgabe gut gelöst. Martin glaubte, nicht richtig zu hören als er sagte:
— Das mache ich jeden Morgen, dafür brauche ich mich nicht zu waschen.
Martin läutete das Glockenspiel seiner pädagogischen Intentionen: mach an Kindern nicht ununterbrochen mit Befehlen, Kontrollen, Bitten und sinnlosem Geschwätz herum. Solche Unterlassungen waren leicht zum Tönen zu bringen. Beinahe hätte er in seinem Übermut der Selbstsicherheit Betty gefragt:
— Kannst du auch so schön den Tisch decken?
Den Kakao verdarb er. Die Milch brannte in dem Blechtopf, der noch aus der Zeit stammte, als diese Küche eingerichtet wurde, an, und das schnelle Rühren mit dem Schneebesen konnte daran nichts ändern. Neuer Topf, Reparatur in zwei Minuten, die Kinder werden es nicht merken. Er goss die Tassen ein und setzte sich auf seinen Platz den er gestern dem älteren Polizisten überlassen hatte.
— Du hast an alles gedacht, prima.
War das sein Problem gewesen, Vollständigkeit? Er hatte das Wort wirklich ausgelassen, überzeugt, dass Kinder diese Sinnnuancen in falscher Ironie oder wohlwollender Überheblichkeit unterscheiden können. Nicht dass sie davon beschädigt würden. Aber sie lernen es, so zu operieren und werden es später nicht mehr los. Muss er anfangen, diese Kinder zu erziehen? Martin zählte:
— Drei, Vier und rief: — Niki! Sie wiederholen es dreistimmig und Martin dirigierte.

Was nehmt ihr in die Schule mit? Soll ich es so machen wie Mama? Niki, mit blitzgewaschenem Gesicht, schlich sich an seinen Kakao heran, pustete ein wenig auf die dünne Haut, die ihn nicht störte, nahm den Löffel und probierte. Ein Fuchs.
— Nun setz dich erstmal hin, sagte Betty. Sie stand selbst auf, holte die beiden Tupper für die Schulbrote und sagte:
— Ich möchte gerne Knäckebrot mit Salami, Mama isst immer Knäckebrot. – Ich auch, sagte Fabian.
Morgen, flüsterte er, heute ist nichts da. Er schrieb auf, der Zettel lag längst neben ihm.
— Ich gehe nachher mit Niki wieder einkaufen, ich werde alles mitbringen und etwas Schönes dazu, wünscht euch etwas. Sie schwiegen. Sie getrauten sich nicht zu wünschen, sie mussten als Zweijährige nicht schon dreiundzwanzig Entscheidungen am Tag treffen ohne Alternativen zu kennen. Sie hatten das Nein nicht gelernt, das andere dann nie wieder los wurden. Vielleicht hat Mama auch das Wünschen verboten. Irgendeinen Schwachpunkt muss ihr Regiment doch haben.
Und als er mit seinem Rundblick in die Gesichter fertig war und sie immer noch schwiegen, sah er auf seinen Teller und liess eine Szene aus seiner Kindheit herbei: Die Grossmutter in Hut und dunklem Mantel kommt aus der Stadt zurück, wo sie ihre Rente abholte und anschliessend im besten Café konditerte, wie sie es nannte, dort auch Pralinen für uns Kinder kaufte, auf die wir mit grösserer Spannung als zu Weihnachten in hündischer Ergebenheit, die mir in den Wiederholungen der Szene immer peinlicher wird, warteten.
— Ich wünsche mir Gummibären und eine Cola. Betty startete endlich. – In Ordnung.
Ihm lief das Wasser im Munde zusammen, denn die Erinnerung an den Nachmittag der Erwartungen, auch der Abrechnung darüber, ob sie auch artig genug gewesen seien für die Pralinen und die Art und Weise wie er den Genuss der Schokoladen pedantisch erhöhte, in dem er mit dem Taschenmesser die Hütchen aufschnitt, den Deckel beiseite legte und zu allererst, den Inhalt mit der Messerspitze auf die

Zunge strich, wobei zu Beginn der Metallgeschmack der Eisenklinge den der Schokolade übertraf. Nun sorgte er sich mit lichtschnellen Gedanken: bin ich hier die Grossmutter, komme ich an die Kinder überhaupt heran?

— Wenn der Wecker klingelt, müssen wir marschfertig sein.

Er stellte die Eieruhr auf zehn Minuten ein, zeigte ihre Funktion herum, erklärte wie lange zehn Minuten dauern und was alles zu tun ist. Dann stellte er fest: ich komme an, jedenfalls jetzt.

— Was ist marschfertig?, wollte Fabian wissen.

— Wenn alle im Auto sitzen, alles verladen und das Tor geöffnet ist und ich den Schlüssel herumdrehen kann, so ungefähr..., er sagte das aber nicht weil er dabei war zu überlegen, ob sie nicht Niki einfach im Schlafanzug mitnehmen könnten.

— Niki, steck mal deine Anziehsachen und ein Spielzeug in diesen Beutel da, Schuhe nach unten. Schaffst du das?

Er war überwältigt von dem Auftrag, machte das Kein-Problem-Gesicht, stürmte puschentrampelnd nach oben und spornte zugleich die Grossen an, loszulegen.

— Marschfertig heisst: alles was gebraucht wird ist am Mann oder verladen und der Motor kann angelassen werden.

Fabian bekam den Sinn mit, konnte ihn aber noch nicht recht umsetzen. Er müsste schon jetzt die Haustür öffnen und seine Sachen ins Auto legen.

Beinahe hätte Martin als Feldherr seinen Anteil an dem Feldzug vergessen. Er besann sich ohne militärische Terminologie, die für die Kinder auch nicht besonders angemessen war, zog seine Jacke an, überprüfte die Tascheninhalte und öffnete die Haustür. Die Helligkeit, die frische Luft, der Geruch nach Herbst und das Geschrei des Eichelhähers gegenüber im Wald verzögerten lange seine Vorhaben: die nassen Scheiben abziehen und das Tor aufsperren.

Er hörte schwach den Küchenwecker rasseln. Sie kamen herangestürmt. Keine Kommandos, sie kannten die Sitzordnung, schauten mit Mühe über die riesigen

Schultaschen auf ihrem Schoß. Der Gedanke an einen Schrank in der Schule für jedes Kind verband sich mit den welthaltigen Problemen des Schulsystems wie dem des Technologiedefizits des Unterrichtens, das durch den Nürnberger Trichter irgendwie illustriert aber nicht begriffen wurde. Die einfachsten praktischen Dinge... Er wusste, was er jetzt denken würde und gab sich nicht damit zufrieden.
— Habt ihr Sport heute, wo sind die Sportsachen?
Eindeutig überflüssige Kontrollfrage. Sie sahen sie ihm nach. Niki fehlte noch. Er stieg aus, sprang die Stufen zur Haustür herauf und rief:
— Willst du wie gestern wieder alleine hierbleiben? Niki raste mit seinem Beutel, an dem er eben noch gestopft hatte, barfuss und mit poenthüllender Schlafanzughose an ihm vorbei. Gut, dass das die Grossen nicht sehen konnten. Martin schloss die Tür ab.

Niki liess sich von Betty wortlos anschnallen. Das hatten wir schon. Er hielt seinen Beutel, so wie die Grossen ihre Schultaschen. Martin sah ihn vor Kälte zittern als er die Schlösser ihrer Gurte überprüfte. Und dann sang er mit tiefem Bass, der sein Gesicht selbst zum Vibrieren brachte: I was born under a wandering star... Niemand reagierte und er fürchtete Befremden verbreitet zu haben. Dann liess er den Motor an und sagte:
— Das Tor bediene ich, wird abgeschlossen?
— Nein, nur richtig zu gemacht.

16

Die Fahrt zur Schule

Sie rollten durch die Schlaglöcher am Übergang vom Waldweg in die auf der Landstrasse. Hier hüpfte gestern der Streifenwagen, so dass die Leuchten durch die Blätter und die

Nacht tanzten. Emotionen in Martin flammten kurz auf, die Gedanken machten sich nicht an die Arbeit, sie zu erläutern.

Sie schwiegen, alle. Die Kinder sassen entspannt und müde, sie hatten zu wenig geschlafen. Die Spannung einer zwingenden Gegenwart war nicht da, Martin fuhr in die Zukunft und schob Horizonte vor sich her. Alle Wahrnehmung beschränkte sich auf die Strasse. Den Weg zu finden machte keine Mühe. Niki ist noch zu unerfahren. Seine Zeitfenster sind leer, dann schläft man einfach schnell wieder ein. Auch die Routine langweilt wenn Erholung vorbei ist. Eine Streife geht los und sucht nach vorwärts und nach rückwärts. Die neue Vergangenheit ist erst vierundzwanzig Stunden alt, Zufall auf Zufall, Ereignis auf Ereignis, Entscheidung nach Entscheidung. Ich habe die Vergangenheit nicht gemacht, werde ich sagen, wenn ich gefragt werde. Aber vor der ersten roten Ampel stand für ihn fest: Ich habe entschieden, ich habe gehandelt, es hätte auch anders ausfallen können. Dort liegt ein weisses Ei im Nest, das ausgebrütet werden muss. Mehr Puls, mehr Gas, raus aus dem Druck unter dem Brustbein. Er fuhr beinahe gegen den Bordstein, lenkte mit einem Ruck ab, bremste abrupt herunter und sah Fabian inach vorne fliegen. Den Fussballen spürte er durch die Sohle hindurch und der rechte Arm, der vor Nicki gelangt war, tat am Ellenbogen weh. Das kommt davon, wenn man beim Fahren den Traum von gestern aus dem Schwarz-Weiss in Farben setzt. Und laut sagte er:

— Ich habe geschlafen, ich muss besser aufpassen, habt ihr euch weh getan?

Die Kinder waren aufgeschreckt. Sie nahmen ihre Umgebung ganz wach wahr, das Auto, ihn, das, was auf der Strasse geschah. Sie drehten die Köpfe schneller hin und her und fingen an, zu reden, erzählten Geschichten in drei Sätzen, die sie mit der Mama erlebt hatten; an ihn gerichtet! und Betty sagte:

— Mach das nicht noch einmal.

Nun kam seine Geschichte vom Schutzengel nicht mehr infrage. Die Kinder brauchen keine Metaphysik. Martin begann, sein Fahren zu erklären, ohne Schutzengel.

— Das wissen wir schon, sagten Fabian und Betty um ein Wort versetzt. Das sass.

—Und was bedeutet das Schild dort vorne? — Man darf nicht nach links abbiegen, wer dort drüben wohnt und von hier kommt, muss einen Umweg fahren. — Und warum ist das so umständlich geregelt? Fabian sagte es, Niki und Betty widersprachen nicht.

— Bald dürfen wir mit dem Fahrrad zur Schule fahren.

— Nur nicht im Winter, da ist es zu gefährlich.

Sie hatten sich den Satz geteilt! Martin blieb an diesen Details ihrer Aufgeschlossenheit hängen. Sein Eifer, zu lehren, zu kehren, zu wehren verschwand, als er das Fenster mit der Efeuranke sah. Gestern habe ich aus diesem Fenster geschaut, nun sehe ich hinein, stosse auf die weisse Scheibe, in der die Wolken spiegeln, und irre dann ganz kurz einmal mit dem Blick um den Rahmen aus Efeu herum, dessen Triebe auf der Scheibe scharren.

Er möchte auf dem Parkplatz sagen: Ich wünsche euch … Er zwingt sich, die Phrasen nicht zu gebrauchen. Sie wären zwar neu, aber morgen durchschaut.

— Trollt euch, ich hole euch um viertel nach eins ab. Was wollt Ihr zu Mittag essen?

Betty und Fabian waren auf die Frage nicht vorbereitet, sie überlegten und er konnte schnell hinzusetzen:

— Ich denke mir mit Niki etwas aus.

Warum sagte Niki nichts mehr? Die Grossen machten sein Babygesicht nach und verhielten sich still.

Sie nahmen ihre Taschen auf, winkten, drehten sich um und liefen los. Die ganze Welt ist eine Bühne, Schüler kriechen wie Schnecken darauf herum! – so vor vielen hundert Jahren der grosse, unerbittliche Dichter. Martin sah sie rennen. Und der Hof war nicht das Leben und die Schule nicht die Welt.

17

In der Schule, allein mit Renate

— Kommst du zurecht? Niki war wach, sah ihn lange an und begann, seinen Schlafanzug auszuziehen. Die Jacke zog er vorne hoch und blieb mit den Ellenbogen stecken.
— Zebra, zieh mal deinen Schlafanzug aus. Gehst du mit zu Frau Wagener rauf oder willst du hierbleiben. Du kannst dich ja schon selber anziehen.

Martin überforderte ihn, traute ihm aber zu, eine Entscheidung zu treffen. Oben hätte er ihn gerne vorgezeigt. Gestern waren nur Marlene und ein Auto und ein Wald am Anfang. Und heute: die Ärztin, die Frau im Garten, die Leiterin Renate Wagener, drei Kinder, die alle Namen hatten, die Beamten, Frau Arndt... Der Wald, das Haus mit dem fürchterlichen Wohnzimmer, das niemand nutzte, die Schule, der bemalte Schulhof und heute würde es weitere Orte geben und noch mehr Leute. Und alle bringen ihre eigene Zeit mit, die ich mit meiner Zeit harmonisieren muss. Und alle haben ein Geheimnis, Marlene, was ist mit dir?

Er ging blind über den Hof, unzufrieden und angespannt. Er hatte Niki zurückgelassen — und er hatte nichts zu sagen; nur einen Bericht, mit dem sich nicht ausdrücken liess, was hier zu sagen wäre. Und ich soll den Kindern Anschauung geben und Worte und Begriffe, mit denen sie in die unmarkierte Welt hinein schneiden und etwas mehr als ich verstehen lernen, aber fragen: gibt es uns wirklich? Ich sehe hier nur die Fenster einer Schule, eine Efeuranke und ein Bild aus bunten Quadraten an der Wand. Nie kann ich entscheiden, welches Quadrat in welcher Farbe ich anschauen soll und irre dann wortlos von Station zu Station. Noch vor Ende der Treppe muss eine Idee her, ein Satz, wenigstens ein gutes Wort.

Ein erfahrener Zuschauer würde seine Bewegungen als strebsam und umkehrbereit beschreiben und dann nicht weiterwissen. Der Schulgeruch, der mässige Lärm der Kinder und sein Hinaufhasten über zwei Stufen zugleich brachten die Überlegungen aus dem Spiel. Unsere Schulen früher rochen anders. Und es war still bei uns. Er hatte Bilder bereit. Wie wenige sie damals waren. Frau Arndt war schon da.

— Frau Wagener kommt gleich, sagte sie nach der Begrüssung mit freundlichem Blick, ohne Ausforschungsgesicht. Wie werden Frauen mit Schulbürokratie fertig, wie geht das? Beinahe hätte er gefragt. Martin schob die schon gepackten Worte beiseite und sah nur einfach hin auf die Frau Arndt, die vor der Kaffeemaschine stand aus der die ersten Gluckser kamen. Wenn sie sich jetzt umdrehen und fragen würde, hätte sie Anerkennung für diesen Laden hier ablesen können und wäre nicht einmal auf die Idee gekommen, dass der Kaffeeduft und die drei weissen Knöpfe, die im Gänsemarsch über ihren Po wanderten, seine gesamte Energie, die ihm nach der Nacht auf der Couch geblieben war, aus den Augen springen liess.

Nun trank er und irrte auf der Stundentafel herum. Er müsste mehr sagen, zum Kaffee, zum Tag, zur Arbeit, vielleicht könnte er ja auch hier seine Bewerbung schreiben lassen. Die Stimme war da, Granada, auf der ersten Silbe betont.

— Sie hier?

Frau Arndt dachte bestimmt: das klingt, als hätte Renate die lange Nacht wachgelegen und gehofft.

— Kommen Sie.

Sie liessen sich keine Zeit für gestern und morgen. Kompakt ist der Augenblick, der Immerwährende. Es gab nur ein Thema. Martin berichtete kurz, auch über die Polizisten und über Renates Rückkehr. Und schon stand er auf, sah ein Gesicht in dem viele Merkmale verwischt schienen, dankte, noch immer nur beinahe hinsehend, für das Vertrauen, sagte, dass sie zurechtkommen und heute hören würden, ob es der Mama gut gehe.

— Moment, sagte sie.

Kein Rollen, das Bitte fehlte und beinahe hätte er sie auch nicht verstanden. Sie erklärte, dass Fabian mit ihrer

Empfehlung nach der vierten Klasse auf ein bestimmtes Gymnasium wechseln könnte, dazu aber keine Lust habe und von der Mutter darin bestärkt werde. Sie atmete tief ein, er atmete aus und setzte sich wieder. Er verstand: Familie, Wohl des Kindes, der Lebenslauf als Karriere, Widerstände, Enttäuschungen und mehr und mehr.

— Sie wollen auf Fabian Einfluss nehmen? Haben Sie die Mutter mal kennengelernt? Was ist das für eine merkwürdige Frau?

Er reckte sich und redete ohne sie anzusehen, hörte das Efeu am Fenster entlang streichen und sah das orangene Quadrat oben links auf dem Bild, aus dem kein Schachbrett mehr werden konnte. Neues, Wirres und Kompliziertes konnte er nicht gebrauchen. Niki ist draussen im Wagen. Post und Anrufe zu Hause sind Zukunft genug. Sie hob ihre Stimme um Nuancen. Jetzt streifte er nur ihr Gesicht auf dem Weg von der Efeuranke zum Quadrat in Orange. Nun blieb er und sah hin. Und jedes Mal, wenn er diese Einheit fassen wollte, zersprang sie in Teile und er sah die glatte Stirn, die beweglichen Brauen, er vermass die Augen und verbuchte die Farbe der Iris, bemerkte die gepuderte Nase, den kleinen Mund und das Grübchen am Kinn, erfasste mit den Wangenknochen auf einmal das Ganze.

In seinen Erinnerungen treiben Analyseschnipsel: Alle Merkmale des Gesichts hatten Freiheitsgrade. Und dennoch blieb es immer Renates Gesicht, das er hier zum ersten Mal in wenigen Sekunden ausforschte, während sie sagte, dass sie ihm alles erklären müsse, um Fabian zu unterstützen.

Martin ahnte: sie weiss mehr als sie sagt und sagen will. Diese Frau knüpft an einem Netz. Und das Wort ist nur eine Metapher für eine Realität, in die er längst eingebaut war. Für romantische Vorstellungen von Fischer- und Spinnennetzen fehlten der Raum und die Zeit. Er sah ihr ganz und gar, ohne Flüchtigkeit, mit offenem Mund, unmittelbar in die Augen und zugleich in das ungeschützte Gesicht.

Er errötete und wusste, wie er jetzt aussah und versuchte, diese Momente zu kürzen, merkte aber, dass ihre Worte mit seinem Zustand harmonierten. Sie wollte ihm etwas erklären und er wollte in dem Rauschen ihr liebliches Gesicht bewahren und ausschöpfen für alle kommenden Tage. Sie waren in der Welt, wo auch sonst, aber sie sahen und unterschieden nur sich und ein paar Dinge um sich herum. Draussen sah Frau Arndt auf die Uhr.

— Sie müssen mir das näher erklären, vielleicht kann ich mit Fabian reden. Die Mama bleibt sicher noch länger im Krankenhaus. Ich kann abends nicht fort, Sie haben tagsüber keine Zeit.

Er redete, um sie ansehen zu können, das war erlaubt. Sie wollte mir doch etwas sagen und das kann ich nur sehen und verstehen, wenn ich hinschaue, vielleicht etwas flüchtiger, nicht so einbrennend.

— Sie haben mir doch die Kinder gegeben. Kommen Sie heute Abend vorbei, wir essen zusammen, wir bringen die Kleinen ins Bett und reden dann mit Fabian.

Frau Wagener blickte auf, öffnete ihr Gesicht ohne die Stirn in Falten zu ziehen und machte einen Ansatz zum Lächeln, von dem sie nichts wusste. Er bemerkte es nur, weil es zu dem lieblichen Gesicht von eben gehörte; es hatte die gleiche Temperatur. Sie verlor mit dem Lächeln nicht den Anschluss an seine Einladung. Er besass noch genug Bewusstsein und konnte jetzt wieder sehen: hier harmonierten Erwartungen, verbunden mit dem Kitt der Worte, die Sinn hatten; aktuell waren sie und setzten Renate und Martin im Voraus in Bewegung und sie, die Worte, enthielten Möglichkeiten: aus *alles bereden* lässt sich Welt machen, dieselbe, die schon da ist, nur neuer.

— Ich komme, wenn ich hier fertig bin, ich finde es leicht.
— Ich lasse das Tor offen, fahren Sie einfach auf den Hof.

Nun lachten sie sich befreit an, bereit zum endlosen Schwatzen, in dem es leichter war, die richtigen Worte unterzubringen. Sie sah bestimmt, was für ein verknülltes Hemd er anhatte. Roch er schon vor Aufregung?

Martin stand auf und verlor dabei den Anschluss an ihre Worte und an ihr Gesicht. Niki ist draussen, sein Haus, die

Briefe, die Zeitung, die Nachrichten auf dem Anrufbeantworter, der Garten. Er taumelte in eine Vorschau hinein, zu der er nur unscharfe Vorstellungen entwickeln konnte, weit von einem Programm entfernt. Wirklich und wirksam war nur der Druck, der sich in seinen Brustkorb aufbaute. Mit der rechten Faust drückte er ins Brustbein und half mit der Linken nach. Renate vergass diese Geste nicht mehr.

18

Mit Niki am Kindergarten

Auf der Treppe nahm er zwei Stufen auf einmal mit schräg gestellten Füssen; seine Gedanken standen am Tor und hielten eine graubeflechtete Zaunlatte fest, liessen Renate über die Fabianbrücke auf den Hof fahren, sahen hinter der Scheibe dasselbe Lachen, mit dem sie sich oben verabschiedet hatten. Ihr Handzeichen, wie sah es aus?
Beinahe wäre er in die Glastür gelaufen. Die schwarze Silhouette des Bussards rettete ihn, er hatte noch alle Tassen im Schrank. Und für dieses alte Bild – der Schrank war ein Küchenschrank in rosa, beige und hellblau – suchte er eine Entschuldigung, nicht aber für die nächste Metapher: wir haben unsere Grenzen zusammengelegt. Und wird auf beiden Seiten die gleiche Sprache gesprochen? Nur die Amtssprachen, die andere... Ich bin nicht zweisprachig aufgewachsen. Diesmal ging er durch die Gassen der gemalten Stadt und wich dem Taubenschwarm aus. Nikis Gesicht ist mit der weissen Nasenspitze an der Scheibe. Irgendein Vertrauen hat ihn einschlafen lassen. Lieber Niki, das machst du gut, du wirst heute noch viel warten müssen, ich habe kein Spielzeug für dich. Er schloss die Wagentür auf und gleich wieder ab. Natürlich habe ich nicht abgeschlossen.
— Kommst du endlich? Er fragte ohne Betonung.

— Nichts habe ich für dich, sagte Martin.
Er holte ihn aus dem Wagen, schwang ihn durch die Luft und setzte ihn sich auf die Schultern. Jetzt ist das Pferd endlich da. Sie trabten eine Runde, machten Pipi in die Rückseite der Hecke und kehrten Hand in Hand zurück.

Niki redete und trommelte gegen die Rückenlehne, eine schöne Stimme sang einen Text, den er kannte und vorwegnahm; draussen Stillstand und Bewegung zugleich im Fluss der eigenen Bewegung auf der holperigen Strasse; Gedanken und Vorstellungen, die mit der Figur und ihrem Namen zu tun hatten. Ein Wort von Niki brachte die Veränderung.

— Sag's noch einmal Niki, bitte, ich habe nicht aufgepasst.
Er meinte, sie seien gerade an seinem Kindergarten vorbeigefahren. Es dauerte länger bis Martin alles beisammen hatte. Diese Kinderausfragerei! Er sah einen Weg, Niki loszuwerden. Er hat mich gehauen und ich habe ihm nicht den Arm gebrochen. Die Überprüfung des Aufzugs von Niki ergab keine Beanstandungen, jeder Schuh sass, wohin er gehörte.

— Du hast dich ja prima angezogen. Martin schaffte es nicht, das winzige ja fortzulassen. Niki konnte das Wörtchen nicht hören, da er den Namen eines Jungen rief, der an der Hand eines Mannes auf sie zukam. Er nickte ihm zu, sagte zu Niki:

— Tschüs: ich hole dich mittags ab.
Er würde ihn nicht zurückbekommen, sie geben die Kinder nicht an fremde Leute ab. Noch einmal die Geschichte, noch eine Leiterin. Das Wort Keuchhusten in Leuchtschrift sah er, bevor Niki hinter der Glastür verschwand. Deswegen: Wir haben keinen Papa. Worte brauchen die Kinder, nicht nur Brot:

— Im Kindergarten ist eine schlimme Krankheit, gegen die du nicht geimpft bist, deswegen hat die Mama dich gestern zu Hause allein gelassen.

Er hatte ihn am Kragen erwischt und kniete jetzt vor ihm. Aber warum hat sie ihn nicht mitgenommen? Und wohin wollte sie? Die nächste Frage stellte Niki im Auto:

— Was ist impfen?

Martin fuhr, dachte, erlebte, hatte Erwartungen, vor allem war er darauf aus, etwas über Frau Schneider zu erfahren, die ihr Kind allein zu Hause lässt. Meine Mutter hätte ihn mit den Grossen in die Schule geschickt. Seinen Vortrag über Immunität, den er als Biologielehrer drauf hatte, konnte er nicht in wenigen Sekunden auf Niki zuschneiden. Ihn besetzte ein anderer Gedanke. Die Immunologen um die Erde herum im Wettstreit: die einen immunisieren gegen Relativismus, die anderen gegen ewige Wahrheiten. Zwölfjährige halten Referate, in denen die Guten von den Bösen geschieden werden und Bekenntnisse gegen Atomkraft, Umweltverschmutzer und Klimaverderber die Noten verbessern. Moral, ob mit oder ohne Religion, ist der heimliche Lehrplan, vom ersten Schuljahr an. Was wäre, wenn stattdessen mit Recht und seiner unheimlichen Leistungsfähigkeit begonnen würde? Ich muss wieder Lehrer werden.

— Der Doktor macht mit einer Nadel pieks und dann kannst du nicht mehr krank werden.

Martin probierte, aus diesem Satz etwas für Niki zu machen. Es gelang nicht. Nikis Frage blieb ohne Antwort.

19

Recherche

— Wieviel ist zwei und vier? — Warte. Er sah seine Strasse, setzte den Blinker, fuhr sehr langsam. — Sechs! — Richtig! Niki rechnen lassen, nicht irgendetwas erklären. — Wir sind gleich da. Er schloss die Haustür auf, liess Niki hinein und schaute nach rückwärts. Alle Dinge waren an ihrem Platz, auch die Betten im Fenster im gegenüberliegenden Haus. Und das Meer und der Horizont und die Schiffe: das sind nur schöne Bilder. Durch die Haustür kamen mit ihm hinein: der schweigende Wald, Niki, der sofort auf Erkundung ging, die schreiende Marlene, Frau Wagener, die er nun Renate nannte, die jauchzende Betty und der kluge Fabian und die verständnisvollen Polizisten. Nach gut fünfundzwanzig Stunden hatte er eine Umwelt zusammen, die alle bisherige Komplexität übertraf. Ob sie beherrschbar sein wird? Ein Modebegriff, den sich jeder zurechtmachte. Die Namen der Frauen hielt er, ohne zu kombinieren, auseinander. Zuerst die Post ansehen, dann die Zeitung überfliegen und das Telefon abhören. Später den Garten durchmustern. Manfred schrieb endlich. Ob er über den Zusammenhang von Wort und Bild etwas herausbekommen hat? Sie machten sich Gedanken über Bilder aller Art, misstrauten der Norm, die überall verkündet wurde: ein Bild sagt mehr als tausend Worte. Sie sorgten sich um den Fortbestand und die weitere Produktion gedruckter Sätze und verglichen insgeheim die Kraft der Bilder der Leute von Altamira und das Gilgameschepos. Dreizehn Tote, über zweihundert Verletzte auf dem Münchener Oktoberfest. Gehört zur Normalität des Sozialen. Ist nicht auf Erbschuld und das Böse abbuchbar. Martin war als Sozialkundelehrer immer vor der Frage: wie ist soziale Ordnung möglich? Das müsste man Kindern erklären können. Ich muss wieder Lehrer werden.

Kein Anruf. Dann hinter Niki her, der seinen Schnellrundgang beendet hatte und nun auf den Zehenspitzen vor Max Beckmanns Bild „Odysseus und Kalypso" stand als wolle er die leicht von unten gesehenen Figuren überragen und zwischen und hinter sie sehen. Martin suchte die Brennpunkte der rosigen Elipsen, legte Niki die Hand auf den Kopf, unterdrückte jeden Ansatz von Worten und wandte sich dann ab, nachdem er die Beinschienen des Mannes und den merkwürdigen fünften Fuss links unten neben dem Vogel halb unter der Schlange mit einem winzigen Bewusstseinsschuss und grossem Auge gestreift hatte. Mit diesem Fuss könnte man aus dem Bild entkommen.

Ein Blick in den Garten, den er vor Tagen mit Mulch und Laub und Torfmäntelchen an den Rosen in den Winterschlaf gelegt hatte. Nur die Dahlien standen noch, die kleinen Pompoms, die er leid war. Es soll grosse, ganz riesige Blüten in Weiss und Rot geben. Sie würden nicht mehr im ersten Frost schwarz werden, wie die Bällchen in allen Farben. Dann würde er den ersten Schlehenschnaps trinken... Er nahm sich Zeit, Renate und Marlene im Garten unterzubringen. Die Kinder durften auf dem Rasen Fussball spielen. Der Wald ist Alleinsein, freiwillig, im Garten müssen Leute reden und einander bewundern und bestärken.

Die Falttür zur Küche klemmte. Oben ist ein Arretierungsstift herausgesprungen. Vergessen. Die drei grünen Kontrollsignale am Kühlschrank leuchten korrekt, ein Blick durch den Raum: es ist alles am Platz, unverändert, weiss, sauber.

— Tee oder Kakao?, fragte er Niki.

Sie blieben in der Küche. Martin erklärte die Zubereitung und achtete darauf, dass der Kakao nicht anbrannte. Mit Malzeug und viel Papier liess er Niki am Wandtisch zurück und ging, die Teetasse in der Linken, zum Telefon. Hatte die Schwester im Krankenhaus gestern nicht gefragt: könnte das die berühmte MS sein, die mal auf allen Modejournalen zu sehen war. Sie hatte Gesicht und Figur unterschieden von allen anderen, die hier kamen und gingen. Nach einer halben Stunde, die Niki ausgehalten hatte, war eine Menge beisammen, das Wichtigste: in der Nähe hatte es einen Fanclub für Marlene gegeben. Der Mann der ihn damals betrieb, war erreichbar.

Nach einer Stunde sass er mit Niki im Wagen, eine Adresse vor sich und im Ohr die helle Stimme, die ihn eingeladen hatte, vorbeizukommen, gerade als Martin andeuten wollte, dass er mehr über Frau Schneider wüsste.

Heutzutage würde er versucht sein, ein iPodfoto vom Unfall und ihrem Gesicht vorlegen, hier hatte er Worte, die aber nichts verraten durften. Am späten Vormittag bogen sie wieder in seine Strasse ein. Niki durfte mit am Schreibtisch sitzen und zuschauen wie er notierte: was er erfahren, was er vermutete, was er tun wollte. Was kann ich wissen, was darf ich hoffen, was soll ich tun? Martin hatte keine Scheu die Fragen des Philosophen auf seine Lage anzuwenden. Marlene Schneider war ein Model, ein Mannequin, wie man damals noch sagte, und in dem Beruf eine Ausnahme, die nicht öffentlich wurde. Dreimal verheiratet, drei Kinder, dreimal geschieden von Männern, die hoch bezahlten; im Gedächtnis der Clubmitglieder ein „Erzengel mit Puttengesicht", ohne Seele, geschäftstüchtig. Eines Tages war sie verschwunden.

Als er vorhin das leere Gesicht des Mannes bei diesen Worten betrachtete, war er kurz davor zu sagen: Ahornweg, der Kleine da draussen ist ihr Jüngster. Es war ein Club der Bekehrer, Leute, die glaubten, Verirrten den rechten oder linken Weg weisen zu können.

Martin sah im Wechsel zwei Gesichter, die sich nicht im Traum vermischten: das schlafende und das schreiende.

Neben ihm druckte Niki seinen Namen in grossen Buchstaben. Zusammen betrachteten sie die unterschiedlich gelungenen Buchstaben. Manche lagen auf der Nase und andere waren viel zu klein. Manfred schreibt den Brief, von Fischers eine Postkarte aus Wien: die Fresken in der Kuppel der Karlsskirche. Und noch eine Karte. Er zeigte sie Niki, der es sich in einem Sessel bequem gemacht hatte, mit den Füssen aber noch nicht auf den Tisch reichte, hob ihn sanft heraus und warf ihn, als er sich straffte, in die Luft:

— Du wirst ein ganz grosser Papa werden, aber jetzt noch nicht, jetzt bist du der kleine Niki, der alles darf und noch nicht alles kann. Er liess ihn in einen anderen Sessel plumpsen.
— Hier ist die Zeitung von heute, du kannst gleich lesen und die Bilder ansehen. Das sind Reklamebriefe und hier hat mir ein Freund einen Brief geschrieben. Die Postkarte ist aus Wien, von einer Familie, die ich gut kenne. Die Kuh hat eine Glocke umgebunden, wenn sie von der Wiese in den Wald gelaufen ist, kann man sie hören und finden. Möchtest du auch eine Glocke um den Hals hängen haben?
— Ich kann schreien, sagte Niki laut.

20

Die Verabredung mit Renate

Am frühen Nachmittag stand Martin in einer Telefonzelle im neuen Einkaufszentrum und wählte die Nummer von Frau Wagener. Der Hörer mit Schnur wog so schwer, dass er den Arm sinken liess; der Zeigefinger, der langsam die Scheibe drehte, schmerzte im Nagelbett. Er las die Ziffern von einem Zettel, den er auf die Telefonbuchablage gelegt hatte. Bei der letzten hörte er auf, hängte ein, liess den Zettel liegen und ging zurück zu seinem Platz vor dem Café. Ein Sonnenstrahl hatte die Sesselauflage erwärmt.

Die Bedienung brachte Milchkaffee und Brötchen mit Leberwurst und Käse. In ihren freundlichen Blick hinein sagte er lautlos: Ich werde dir alles erzählen, du kannst mich hören, geh nur weiter so schnell hin und her und sieh die anderen Gäste auch so freundlich an wie mich. Er war noch nicht fähig, Renate anzurufen, aber er war schon in der Lage, verlorene Zeit zu finden und zu reparieren.

Er war mit Niki gegen Mittag losgefahren. Sie wollten einkaufen und die Grossen von der Schule abholen. Sie hatten Tee und Kakao getrunken, geschrieben und gespielt, er hatte

Haus und Hof überblickt, Ordnung gemacht und Marlenes Biographie entdeckt. Sie, nicht Frau Wagener, war in seinen Gedanken, sie hatte ihn gesehen, sie hatte geschrien und bei ihr lag die Macht und vielleicht die Versuchung, dem, der sich ihren Kindern genähert hatte, etwas anzutun. Renate dagegen steckte in der Brust und darunter. Er brachte anstelle von Gedanken, Markierungsworte hervor: Angst, Erbitterung, Tumult. Sie deckten die Chemie da drinnen und da unten ab. Seine Theorie lautete: Gefühle sind Vorgänge in der realen Realität seines Körpers die gedanklich ausgekundschaftet werden können, wenn man es kann. Niki hatte ihm beim Packen der Reisetasche geholfen. Er fragte nach:
— Brauchst du das Hemd nicht auch, wenn du so lange bei uns bleibst?
Seine Erinnerung formte den Satz mehrmals und er geriet mit der vergangenen Lage wieder in eine Gegenwart, die er aber mit allen Sinnen auf Distanz hielt. Mit den Läden des Stadtteils kannte er sich aus. Sie verloren keine Zeit mit Parkplatzsuche und Zurechtfinden in der jeweiligen Ordnung des Ladens. Hier geht er wissend herum, die Überraschungen sind nur sehr klein und nie enttäuschend. Hier hatte er bisher nichts falsch gemacht. Der Einkaufswagen wurde zum Rennauto. Sie flitzten über den glatten Asphalt und stoppten vor den Ankersteinen. Niki sass nicht in der Kinderklappe des Wagens, sondern hockte, Gesicht nach vorn, im Korb und hielt sich an den Seiten fest. Die Händchen dürfen nicht an den scharfen Leisten der Türen und Regale abgeschnitten werden. Einmal sprang Martin auf die untere Strebe und rollte mit, bis der Wagen ausbrach.
   Er las Niki den Zettel vor. Die Leute hörten zu. Niki behielt alles und dirigierte ihn durch den Laden. Die roten Himbeerbonbons, die er sich wünschte, hatten sie nicht. Vor der Kasse stieg er aus und half, ihre Sachen aufs Band zu legen, dann postierte er sich zum Einladen hinter der Kasse. Einen reibungslosen Einkauf mit einem Kind vergisst man viel zu schnell. Er suchte Musik im Radio; mitsingen, den Takt schlagen, den Text erraten. Es funktionierte nicht. Niki war

überfordert, weil er zu wenig kannte und Martin blockierte gleich, weil die Abneigung gegenüber den Melodien stärker war, als seine Neugier auf den Text. Er machte das Radio aus und stimmte das Lied von den grossen Elefanten an. Niki sang es sofort mit und als Martin aufhörte, sang er es hell und klar in Melodie und Text zu Ende. Er schwieg und liess diese kleine, vorsichtige, aber nicht reissfeste Stimme immer wieder in sich erklingen, wagte aber nicht, das Lied noch einmal zu erbitten.

— Wenn die anderen dabei sind, singen wir es noch einmal, sagte Martin.

Er sang dann das Lied vom Einhorn und improvisierte Texte, bis ihm nichts mehr einfiel. Er merkte nicht, dass er Niki niedersang, der mit seinem schwebenden Stimmchen seinen viel zu lauten Bass nicht durchdringen konnte.

Sie kamen in die Nähe der Schule und schwiegen endlich. Im Radio hörten sie ein Stück eines klassischen Komponisten. Die Heiterkeit über den unteren und traurigen Schichten der Musik, traf nicht die Gedanken, sondern fuhr in den Körper und sicher regierten nun anstelle von Gedanken, die vielleicht nur elektrische Impulse waren, Moleküle mit geheimnisvoller Ladung jenes Zentrum im Kopf, in dem das Leben gemacht wird. Diese Musik liess die Worte im Kopf aussterben, diesmal jedenfalls.

Seitdem er annahm, dass es so geschieht, bemerkte er es manchmal: Gedanken mit und ohne Worte berühren Herz und Magen, ein Kurzschluss sprüht funkelnde Sternchen.

Was werden Betty und Fabian über den Vormittag in der Schule erzählen? Er wird sie nicht ausfragen. Er wird Niki nicht bitten, die Geschwister zu verraten. Aber was kann er erwarten? Braucht er die Erlebnisse der Kinder und die Art, wie sie darüber reden oder schweigen. Setzt Erziehung nach der Informationsbeschaffung an? Erzeugen seine Kommentare, sein Lob und seine Zweifel irgendetwas in den Köpfen?

Wie heute morgen blickte er zur Seite auf das Fenster mit der Efeuranke. Die Wagnerin erstand, zuerst die Stimme, dann die Figur, das Gesicht blieb verschwommen. Warum kann er ihr

Gesicht, das ihm gestern morgen so tief in den Körper dringende Freude und den Anfang von Glück gebracht hat, nicht erinnern? Nur ein Teich ist da, in den ein Stein gefallen ist. Wolken, Bäume und ein Gesicht verzittern in den Brechungen der kleinen Wellen.
— Wir sind da, sagte Niki. — Bald wird es klingeln, wenn du es hörst, sag Bescheid.
Martin war in Gedanken schon mit den Kindern zu Hause und malte sich den Nachmittag aus, liess zusammen mit Fabian Frau Wagener, wie verabredet, durch das Tor, baute am Gespräch mit ihr herum und hörte dann augenblicklich auf: Die Kinder oben im Bett, Marlene im Krankenhaus, Frau Wagener an diesem Küchentisch, auf dem er die Pizza zerschnitten hatte. Er erneuerte die Bilder mehrmals und kam nicht weiter. Niki war so still geworden als lauschte er seinen Vorstellungen. Er suchte ihn im Rückspiegel und lächelte als sich ihre Augen trafen. Niki hat mehr mitbekommen als alle anderen, er ist ein Komplize. Heute morgen in seinem Nachtzeug roch er wie ein warmes Brot. Kann, wenn nottut, fortgelessen werden.

    Fabian und Betty brachten frische Luft und Freiheit; sie sangen laut und falsch das Elefantenlied, rollten am Ende des Ahornwegs durch die Schlaglöcher auf den Feldweg und durch das Tor auf den Hof. Auf der Treppe stand Marlene und strich sich eine Strähne ihrer langen Haare aus dem Gesicht. Die Kinder stürmten, Marlene schrie, er hörte ein Wort, ein besonderes, wich zurück, Nein! Nein! riefen Fabian und Betty.

    Er hat auf dem Rückzug den Torpfosten gestreift. Seine Flechten klebten am Kotflügel. Jeder kann nun beweisen, dass er hier gewesen ist.

    Die Bedienung fragte und noch ehe sie fertig war, versanken beinahe alle nach innen gerichteten Überlegungen. Martin bestellte noch einen Milchkaffee. Sie wandten sich beide für Momente der Wärme und Helligkeit des Sonnenstrahls zu, der den Baum gegenüber gelb aufleuchten liess.

    Martin hörte auf das Gespräch nebenan über den Segen des Lichts an diesem Herbsttag und verlor dabei die Gedanken zu der Szene im Hof. Die Bedienung nahm einen kleinen Schwung aus den Knien und drehte sich zur Tür. Das Nachbild der Sonne blieb. Hundert Pulsschläge, hundert Atemzüge. Worte mit Sonnen- und Lichtvokalen. Martin stand auf, sah über die Leute hinweg, die von der Sonne gesprochen hatten und gab endlich seinem Verlangen nach. Er besorgte sich Zigarillos im Tabakladen, freute sich über den neuen Kaffee und erbat Feuer bei den Nachbarn.

Jetzt nicht wieder nach Innen verschwinden in diesen Strudel der Beschäftigung mit dem eigenen Erleben. Er rauchte bedächtig, betrachtete die Leute, stand wie von selbst auf. Der Zettel mit Frau Wageners Nummer lag noch auf der Ablage des Telefonhäuschens. Er berichtete: wie Marlene auf der Treppe, über die Köpfe der gegen sie anstürmenden Kinder hinweg, ihn mit dem schlimmen Wort und einem Fluch verjagt hatte, wie er den Wagen wendete, ausstieg, und die Kinder nun gegen sich rennen sah: bleib da, bleib da! Bleib dran, Wagnerin, leg nicht auf!

— Würden Sie sich trotzdem mit mir treffen, ich würde auch nicht heulen. Das war ein Anschlusssatz! Er übernahm ihn sofort und sprach ihn aus.

— Machen Sie einen Vorschlag. Die Granadastimme irritierte ihn nicht wie gestern. Das Folgende war europäischer Standard. Martin schlug „Die Drei Hasen" in Waldstadt vor, sie stimmte zu. Die Uhrzeit wurde festgelegt. Vertrauen und eiserne Zuverlässigkeit hakten ein.

— Und bitte eine weisse Bluse tragen, setzte Martin hinzu. Sie lachte mit. Noch ein Zigarillo. Die Kinderlage in Trümmern, die neue Lage, ja wie? An Metaphern kann man sich nicht anpassen, kann die Welt nicht in Bilder und den Rest einteilen. Neue Lage, angemessene Erwartungen bilden, ein paar Variationen komponieren. Zu viele Gefühle in der Komposition? Ignorieren! Nur Konstruktion in Begriffen. Es werde Zeit! Er knöpfte seinen Ärmel auf und liess die Uhr zum Handgelenk herab. Beim Aufstehen vermied er es, sich nach oben zu strecken und in die Wolken zu greifen. Das konnte er im Wald immer noch machen.

21

Martin zu Hause, laufen.

Der Nachbar hatte einen Korb Äpfel vor die Tür gestellt. Er suchte sich in der Küche den schönsten aus und biss ein so grosses Stück an, dass er es nicht herausreissen konnte und kleiner neu ansetzen musste. Illustration, Omen und Prognose für seine Lage? Eine Nummer zu klein! Die Helden- und Angriffsmusik des Capriccios, die er auf dem Weg nach Hause gehört hatte, bestimmte noch immer die Produktion und Interpretation der Gefühle. Der Verstand befand sich nicht ganz in der Trompete: die Worte Marlenes, mit denen sie ihn auf dem Hof wieder angeschrien hatte, entschärfte er, indem er die Zünder herausdrehte. Die Frau muss ein Trauma haben, es kann auf die Väter der Kinder zurückgeführt werden, vorsichtig. Es könnte ja durchaus einer der Papas ohne Sorgerecht, auf die Idee kommen und sein Kind klauen. Als Kontaktperson sah Martin gerade harmlos genug aus. Sie wusste einfach nicht, dass er es war, der sie aus dem Wald geborgen hatte. Die Kinder konnten es nicht erzählen.

In der Küche wechselte er mit Mühe das Thema während er die Äpfel ausbreitete, den Angebissenen schälte und in Zucker tauchte. Mit Abstand betrachtete er seine Hände, die schon nach dem nächsten Apfel griffen: Kompott, schneller Apfelkuchen auf Blätterteig für nachher, die besten auf den Schrank.

Der Plan für den Nachmittag war im Auto entstanden und nicht verloren gegangen. Ein winziges Ereignis und die Äpfel verschwanden aus der Aufmerksamkeit und machten Platz für: laufen, schlafen, arbeiten. So schnell lassen sich bewährte Muster nicht auswechseln, auch nicht durch neue Lagen wie die gewaltige Erweiterung seiner Umwelt um Personen, Ereignisse, Sachverhalte, Prozesse und Horizonte. Martin sah lange auf die Schuhe mit den blauen Streifen und den Noppensohlen: Ein Läufchen, ein Schläfchen und ein kleiner

Traum, in dem Renate, nicht aber Marlene vorkam, müssten aus dem Nachmittag herauszuholen sein.

Als er die Haustür abschloss, den Schlüssel um den Hals hängte und dem Nachbarn für die Äpfel dankte, war er auf dem rechten Weg. Beinahe wäre er, einen Lappen, den Wischmopp und einen Eimer in der Hand, beim Hausputz hängen geblieben, der sich bei der Inspektion von Haus und Garten aufgedrängt hatte: ein winziger Anlass – wie der trübe Streifen auf der Fensterscheibe im Sonnenstrahl – und nach einer Minute steckt man in einem Programm, das sich selbst herstellt und eigentlich nur die Funktion hat, allen drei Zeitdimensionen mit ihren Sorgenfransen für eine Weile zu entkommen. Raus hier, hatte er laut gerufen.

Er lief einen Waldweg ab, den er seit vielen Jahren als Zuflucht, als Quelle für Inspirationen, als Medizin nutzte, auch wenn an eine der Wegmarken eine frühe beschämende Niederlage geknüpft war, die beinahe jedesmal, wenn er vorbei lief, aus der Erinnerung sprang und bearbeitet werden musste. Es war eine Niederlage, die vom Publikum durchaus anders beurteilt wurde als von ihm selbst: Sportfest der Schulen im grossen Stadion. Weisse Hemden, schwarze und blaue Turnhosen, Geschrei, Mädchen. Martin W., als erfindungsreicher Kämpfer gegen Autoritäten und als guter Sportler und Kamerad angesehen, jedenfalls im Umfeld seiner Klasse, aber angeschlagen durch schlechte Noten, rast unter Ahs und Ohs die 4oom- Strecke weit vorn dahin, gedankenlos, in jeder Hinsicht unkontrolliert, und bricht nach zweihundert Metern neben der Innenbahn im Grünen zusammen, vernimmt, noch einmal den rollenden Abgesang der Kinder, dessen Grundton Bedauern mit Erschrecken ist und kämpft dann mit stechenden Schmerzen und fehlender Luft in den Lungen um seine Wiederherstellung, bis er schliesslich mit gesenktem Kopf quer über das Spielfeld zu seinen Sachen gehen kann, niedergeschlagen und von den vielen Augen im Rund nicht weiter beachtet.

Der Vorfall ist ihm keine Lehre geworden. Und wenn er jetzt über die Brücke neben der Furt läuft und das Tempo rausnimmt, wehrt er die Scham, die sich über die Erinnerung breiten will, ab und lässt sie latent, geht über zu der vergeblichen Gedankenarbeit, herausfinden zu wollen, was ihn dazu gebracht hat, immer wieder feige, selbstherrlich und sentimental gegen seine Vorgesetzten zu Felde zu ziehen und nebenher Dummheiten zu machen, die seine Stellung unterhöhlten. Auch diese Überflutung ist einzudämmen. Immer hilft der Wald. Der mythische, der bergende, Heimat und Sicherheit gebende Wald war immer zugleich ein Wald der Ordnung und der Vernunft. Eine Melodie, eine schöne, die von allein nicht mehr aus den Gedanken herauskonnte, das geht an: aber ein Gefühl, das sich schmerzhaft durch das Gemüt fräst und immer neue Wege findet, die Gedanken zu lähmen, das musste gefasst und entspannt werden.

Die Entdeckung, dass sich während des Rennens auf den Rhythmus des Körpers überraschende und gute Gedanken aufspielen lassen, verdankte er einem Chef, der sich als einsamer Marathonläufer hervortat, aber ihn, den beschädigten Feigling, der sich vor jedem Lauf drückte, nicht in die blossstellende und seine Laufbahn als Erzieher und Ausbilder, an der er mit Ehrgeiz hing, beendende Falle hineingeraten liess, sondern ihn einfach eines Tages mitnahm in den Wald auf den Wurzelpfad und in ganz langsamem Tempo ein Gespräch unterhielt, das so fesselnd war, dass er zwar nicht das Laufen, aber die Probleme vergass, die das Rennen so beschwerlich machten: Seitenstechen, Luftmangel, Angst und Sog unter Flügeln ohne tragende Federn.

Nach der Brücke ging es auf schlechtem Weg leicht bergan und er lief in den Wagenspuren unsicher und mit Sorge um die Knöchel. Der Sprung über eine Wasserlache unterbrach nur kurz die Überlegungen, die sich mehr und mehr zu einer Lagebeurteilung fügten: feststellen, beurteilen, folgern... Wie lässt sich die Episode fortsetzen? Der Wald und die Wege konnten darüber nicht reden oder Zeichen geben. Sie sind wie sie sind und antworten auf Fragen nicht, nie. Renate hatte er sicher im Hasenstall. Ich hier drinnen und alles andere draussen. Ich muss heraus und alles andere hinein.

Über diese Form interner Bürokratie machte er sich keine Gedanken. Sie war in Ordnung und ein Segen.

Neue Leichtigkeit auf dem besserem Weg; ein Automat kann Berechnung und Steuerung übernehmen. Den Vortrag über den Römerhof hatte er im Sinne des Wortes vor Augen. Er sah die Zeilen, erkannte aber nicht die Worte. Also rekonstruierte er nicht Satz um Satz sondern Gedanke um Gedanke, bildete neue Sätze, reihte Stichworte daran und am Ende formulierte er einen Scherz. Da er nicht aufschreiben konnte, hatte er eine andere Art der Aufbewahrung einüben müssen. Zum Glück gab es Leute, die clever genug waren, solche Nöte zu beheben und andere daran teilhaben zu lassen.

An der Wegkreuzung war der Vortrag gleichsam konserviert und griffbereit verpackt. Martin stützte sich auf die Lehne der flechtenbewachsenen Bank, prüfte ihre Haltbarkeit mit einem Blick auf die Bewegung des Rückenbretts gegen das Rundholz und begann zu pumpen, zählte mit bis Dreissig als nur noch ein schwacher Wille für den nächste Zug und ein kleiner Schmerz der Erschöpfung in den zitternden Armen war. Die nächsten Übungen machte er nachlässig, ohne Hingabe durch Atem und Kraft. Der Grund war ein Eichhörnchen, das am Stamm der Eiche mit ihm Verstecken spielte. Wenn er sich bewegte und hinsah, verschwand das Tier und man hörte nur die Krallen an der Rinde; wenn er stillhielt und fort sah, erschien das Köpfchen irgendwo am Stamm. Zwei Beobachter stimmen sich aufeinander ab. Martin betrieb das Spiel, weil er wissen wollte ob Tiere, alle oder manche, auf Menschenblicke eingestellt sind und über Blickkontakt anders reagieren als bei Körperwahrnemung ohne Blicke.

Mit einem tiefen Atemzug setzte er sich wieder in Bewegung, nahm nach den ersten Schritten das nasse Stirnband ab, da der Kühleffekt am Kopf unangenehm war und er durch kurze Impulse zum Thema Erkältung und Kopfschmerzen in eine Bereitschaft versetzt wurde, die er hier gar nicht gebrauchen konnte. Trotzdem sicherte er noch schnell den Einfall: eine Mütze in die Tasche stecken. Auf dem

Sandweg, der ohne Gefahren war, bewegte ihn Manfreds Brief, Teil eines Unternehmens, das sie unter dem Titel: Text und Bild, begonnen hatten. Ein Bild sagt mehr als tausend Worte. Wie oft hatte er diesen Satz aufgesagt, wie oft hatte er ihn gehört und gelesen. Und wie oft hatte er versagt, wenn er versuchte, Bilder herzustellen, die ihm die tausend Worte ersparten. Die Schüler hatten Nachsicht mit ihm. Sie wussten es auch nicht besser, glaubten den Satz und redeten nicht darüber. Manfred meinte, es sei eine alte Volksweisheit. Und daraus soll eine Bildwissenschaft entstehen?

Er nahm ein kleines Gedicht aus der Erinnerung in den Gedankenstrom auf und malte in der Vorstellung dazu ein Bild. *„Über allen Gipfeln ist Ruh ..."*

Der Güterzug am Rangierbahnhof, der neben ihm herfuhr, vertrieb diese Vorstellungen und eine Weile hatte er nichts im Sinn, nur der Leib spürte hinter den Vibrationen der kreisenden Radkränze her. Im Brombeerweg hingen die letzten, nicht mehr reif gewordenen Früchte zwischen taubedeckten Spinnennetzen und warteten auf die längst satt gewordenen Amseln: Martin spielte ein wenig mit dem Gedanken und blieb dann in seinem Keller hängen, wo die kleinen Gläser mit der Beere auf dem Etikett standen. Da er vom Laufen her die Stellen gut kannte, hatte er in diesem günstigen, regenarmen und sonnigen Jahr im Wettlauf um den ersten Platz haushoch gewonnen und stand eines morgens mit Eimer und Pflückbecher um den Hals vor einer prächtigen schwarzen Wand, in die er unerschrocken, durch die dicken Jeans geschützt, eindrang und nach den höchsten, grössten, und reifsten Beeren griff, manchmal in der Schwebe auf einem Fuss, in der Gefahr, lang und steif in die Dornen zu fallen, dann wieder fest stehend, mit dem Krückstock die Ranke hinabziehend. Aus dem Bild der Gläser im Keller entsprang diese Vorstellung eines Geschehens, das schon lange zurücklag und an dessen veränderter Kulisse er nun entlanglief, ganz ohne schlechtes Gewissen, obwohl er doch dem Markt für Marmelade, der für seine Versorgung mit knappen Dingen zuständig, berechtigt, organisiert war, durch

Selbstbefriedigung ein Schnippchen geschlagen hatte: für erstklassigen Geschmack, der auf keinem Markt mehr zu haben war. Selbstbefriedigung: durch umständliches Räsonieren an allen Verhältnissen mit hoch anmaßender Verzweiflung oder gekränktem Stolz oder zerschundener Empathiefähigkeit? Ist das nicht ebenso verboten wie Geld zu drucken, Selbstjustiz zu üben, Sachen zu klauen? Aber Selbstversorgung mit freien Gütern, Gedanken und Theorien? Mit wissenschaftlichen Theorien hinsehen, es wagen, auf Weltanschauung zu verzichten, die Theorie mitdenken und immer wieder genau hinsehen und fragen, fragen, fragen! Und Brot backen, die Hühner selber treten, basteln und die Künstler und Handwerker für sich gewinnen mit dem Scherz: ich bin Bastler, ich kann, ich weiss, ich mache alles besser.

Hellwach trabte er nun dahin, wusste sich auf ein Gleis gesetzt, das er selbst nicht gebaut hatte. Er hatte Renate engagiert in einer Leerstelle aller Vorstellungen, hatte eine Verabredung ausserhalb mancher Normen zustande gebracht und sagte sich, dass er auf einmal an einer Schicksals-AG beteiligt war. Das Rennen war oft eine Flucht aus unangenehmen Realitäten heraus und ins Innere der eigenen Geborgenheit hinein. Heute überrannte er die Probleme in der Gegenwart, in jedem Augenblick, der sich immer wieder erneuerte. Von Fluch und Flucht konnte nicht die Rede sein.

Unter der Dusche bewahrte er die Augenblicke. Das Wasser mit allen Tropfen unzähliger Momente strömte und stand zugleich. Der körnige Raum der Brust, der die Schultern hob, verschwand. Neu war auf einmal die Frage: Was hat Niki an dem Bild mit den drei Köpfen so fasziniert?

Mit Reinemachen hielt er sich nicht auf. Die Momente konnten ins Bett hinüber gerettet werden. Briefe und Karten, selbst die Zeitung, übersah er. Die schon geordnete Umwelt musste er sich selbst überlassen.

22

Martin zu Hause, schlafen

Die Vorstellung: ein Bett, in dem er trocken und warm werden konnte. Den schweren Kopf tief im ohrenbedeckenden Kissen, die suchenden Augen geschlossen, eilige Gedanken in Worten und Bildern im Niemandsland vor der Grenze zum Schlafland. Wohlsein erleben, nur sanft alarmiert sein: wo ist die Brille voller Schlieren, die er vor den Übungen im Wald an der Bank ablegte? Ein Gedächtnis machte auf: er sah die Brille im Bad auf der Ablage. Dieser Grenzübergang ist ein Zufallsereignis; es tritt ein oder auch nicht. Guter Schlaf verschliesst die Gedankenquellen und Mnemosyne geht mit ihren Töchtern aus dem Hain.
 Das Bild half ihm nicht. Was ihm einfiel, war aufgeladen und vertrieb ihn aus der Lage, die er Niemandsland nannte.
Eine schwache Metapher, sie bereitet keine Erkenntnis vor. Er setzte sich auf, bereit, noch einmal loszulaufen, um erneute Dämpfung zu erlangen. Nun aber verschränkte er die Arme im Nacken und zog die Beine an und von allein schwebten alle Referenzen ein: ich wähnte einst, Odysseus zu sein, eine Copie der Copie, moderner Mensch, der sich listig gegen den Druck der Umwelt seine Identität bewahrt und sein Schicksal selbst in die Hand nimmt, aber zugleich aus der Hand der Götter. So aber sieht der Mann auf dem Bilde Beckmanns wirklich nicht aus. Natürlich: jeder macht sich sein Bild von dem Manne des Mythos und spannt es in seine Weltbilder ein. Ich wechsele aus, gebe Odysseus zurück an Poseidon und Athene und den Rat der Götter, bleibe bei der Nymphe, deren Schenkelparabeln ich gestern schon life gesehen habe. Moderner Homo sapiens als Person mit Adresse und Telefon bin ich auch ohne Rückbezug auf die Mythen: ich kann mich beobachten, wie ich beobachte und tue das auch. Er streckte die steif gewordenen Glieder und entspannte sie in der Wärme unter der Decke, liess das Bild zurück als eine ergreifende

Abschiedsszene und hoffte, dass die Renatekalypso heute Abend nicht den Gesang über irgendeinen Odysseus anstimmen würde. Martin breitete die Beine aus, zog die Zehen nach oben, nahm den Po und die Schulterblätter zusammen und liess los. Den Körper konnte er ablegen, bis er eine Spannung nicht mehr spürte.

Das Bewusstsein aber konnte er nicht von sich trennen, so wie man den Klettverschluss aufreisst. Die Gedanken beobachteten die Gedanken, die Vorstellungen hetzten die Bilder über die Flur und das Bewusstsein sah hellwach zu. Eine alte Tröstung kam zurück: Schlaf hat mit dem Tod nichts zu schaffen. Schlafen tut man lebend, Tod hat kein Verbum im schwindenden Körper. Bewusstsein kann man nicht verlieren! Wieder ein schwaches Bild. Diese beiden Momente in denen einmal die Eigenzeit weiter nervt und im anderen Fall aufhört. Sie sind unbeobachtbar. Die Musen schweigen dazu, eine gelehrte Poesie gibt es noch nicht. Es lässt sich die neue Kalypso befragen, also Frau Wagener, die nachher über Fabian reden will. Daraus wird nichts. Vielleicht redet sie auch nur über ihre Mutter, da kenne ich mich aus.

Martin sah die Nordlichter auf den Innenseiten der Lider und fühlte, wie sein Körper ohne eine Berührung mit der Materie schwebte. Wenn nicht die Boeing in der Ferne angefangen hätte, zu summen und nun zu lärmen, das Spontanereignis hätte erfolgen können. Er wandte sich zur Seite und nahm die Plastikhütchen vom Brett, machte sie mit der Zunge feucht, drückte sie eng zusammen und steckte sie in die Ohren.

Die nächste Maschine wäre lautlos. Er war gleich wieder vor der Grenze. Ist im Schlaf das Gehör abgestellt, riecht die Nase etwas und kann man innen alarmiert werden? Den Gedanken war es gleichgültig, wie sie sich verdoppelten, sich wechselseitig beobachteten und verabschiedeten, sie machten, was sie wollten und keine Falle, kein Netz war aufgestellt, sie einzufangen und auszubilden und in irgendwelche Kämpfe zu schicken. Martin hatte eine Weile Frieden. Das Gesicht von Fabian war da, schon aufbereitet und an keinen Moment der vergangenen Ereignisse gebunden. Er probierte mit den anderen Gesichtern weiter und wunderte sich, dass es bei den Frauen anders war. Marlene hatte zwei Gesichter, ein stillgelegtes auf seinen Armen und ein sprechendes aus ihren beiden Auftritten. Und wer da! neben Odysseus? Das ist Renate. Höre Odysseus: die Renate hat sich mir zugewandt, geh du hin zu Penelope, bist ein Programmierter. Ich bin nicht mehr du, ich bin frei von den Göttern im Walde, wo sie Zuflucht suchten. Sie, die ich noch liebe, kennen mich längst nicht mehr. Ich nehme mein Geschick selbst in die Hand und verabrede mich mit Renate. Renates Gesicht schlug auf den Körper durch, der sofort in Bewegung geriet. Der Gewinn war eine Empfindung überall. Der Leib bemerkte sich und die Seele flog weg: geh aus mein Herz! Für die interne Verwendung waren diese alten Worte reserviert und es kümmerte ihn nicht, ob sie in der Wirklichkeit irgendeine Entsprechung hatten.

Renate in ihrem Büro kam vom Ausflug zum Fenster, wohin sie seinem Blick gefolgt war, zurück und begann, als sich ihre Blicke nur eben kreuzten, mit der Geburt eines Lächelns, das die Überschrift zu einem Text war, den er kannte und den er lesen und erklären konnte, wenn er wollte und es wagte. Martin aber wollte schlafen, und verharrte nach dieser Erschütterung mit unregelmässigem Atem und bewegten Armen und Händen, die die Bettdecke neu ordneten und kühle Stellen an sein Gesicht brachten. Noch einen Anlauf nehmen und der Grenze nahekommen.

Nun hörte er Stimmen und konnte nicht unterscheiden, ob sie von der Strasse oder den Gartenwegen kamen, oder, ob es innen sprach, so, als ob es von Aussen wäre. Das Ganze dauerte nur kurz, so kurz, dass er sich gar keine klärenden Gedanken während des Erlebens machen konnte; aber es hinterliess eine Erinnerung, die immer wieder aufblitzte. Marlenes Stimme kam wie heute Nacht auf der Couch, das Kindergeschrei verwischte keines der Worte, die sie ihm entgegen geschrieen hatte. Vollkommenen wach, ein Messer im Bauch und vor Augen die Angst vor der Angst, drehte er sich aus der Rückenlage, die nun nicht mehr zu halten war, zur Seite und verankerte sich fest mit angezogenen Knien und der zur Druckminderung dazwischengeschobenen Decke. Den Gegenpol bildeten die Hände unter dem Kissen und dem Gesicht. Ein Krampf in Starrheit, der merkwürdigerweise in den ersten Minuten gegenüber der entspannten Lage vorher als Erleichterung und Sicherheit zum Übergang in den Schlaf empfunden wurde.

Ein kalter Schlag, den er nicht merken würde, den er beträumen könnte: erleben, selig zu schlafen. Er blieb aus. Das höchste erreichbare Glück: die Götter in Schönheit zu preisen. Nur werden wir uns nicht darüber verständigen. Besser, wenn jeder sein Glück für sich behält und nicht auf Missions- und Dogmatikkurs in den Einmannweltreligionen herumgeistert. Das Wort Traum als Gedanke schloss die Aufmerksamkeit weiterer Gedanken an und damit manövrierte er in einem Terrain, das für Schlaf, wie für helle Aufregung sorgen konnte.

Was macht das Bewusstsein während des Schlafes? Sich verlieren! Einer der unzureichenden Ausdrücke, die in Vergeblichkeitsgelände führen und die Alltagssprache mit unhaltbaren Vorstellungen verlängern, wer machte Kunst daraus? Die Welt ist unerreichbar, auch wenn in ihr und auf ihr alles, was der Fall ist, der Fall ist und bleibt. Wissen und fühlen hier zu sein und auf sich und in sich hineinsehen – sehen? – zu können. Jetzt soll endlich Schlaf sein.

Ist das Bewusstsein beim Erwachen noch dasselbe? Erkennt es den Leib und die Emotionen wieder? Was für kalte Füsse hat denn der Kerl an den Beinen? Was sagte das Herz eben als es einen Schlag ausliess? Als Martin bemerkte, welch feine Phantasien da mit ihm durchgingen, wusste er, dass es mit dem Einschlafen nichts werden wird. Er hätte sie nicht bemerken dürfen. Dann wären sie vielleicht in einen traumbegleiteten Schlaf verwandelt worden.

Die schartige Schneide des Problems alarmierte Martin nun so weit, dass er sich wieder umdrehte und dabei fast aufsetzte. Was tut das Bewusstsein im Schlaf? Kann es auch schlafen, ruht es, weil Impulse ausbleiben. Ist es nun für die Anfertigung von Träumen zuständig? Und beschäftigt sich dabei mit sich selbst. Oder gehören Träume zu einem ganz anderen System? Systemisch denken – der Ausdruck wiederholte sich in ihm endlos und es war nicht festzustellen, woher diese Worte stammten. Jedes Lebewesen auf zwei oder vier oder hundert Beinen hat ein zentrales Nervensystem... es gibt physikalische, biologische, soziale Systeme. Die Gedanken bleiben hier stecken, aber es muss Leute geben, die schon weiter sind, aus Evolution wird Revolution, von der Langsamkeit zur rasenden Umwälzung, mit oder ohne Chaos... Das soll ein Gedankenstrom sein? So etwas gibt es nicht. Es ist nur wieder ein Bild, das nichts sagt. Ein Gedanke ist ein Element unter vielen anderen und wird von anderen Gedanken als Element hergestellt; Erinnerung, Gedächtnis, Geschichte müssen mitwirken. Das Bild vom Strom müsste in den anderen Künsten zu finden sein...

Martin sah auf die Uhr, zog sich noch fester zusammen und verharrte bei den sich umkreisenden Gedanken bis er sich aufrichtete und mit erfahrenem Erstaunen feststellte, dass eine Stunde in Gedankenträumen vergangen und das Zeitempfinden ausgesetzt war. Aber derselbe Gedanke vorhin und jetzt? Und dazwischen? Ein Verhör wäre zwecklos. Er hatte geschlafen, aber den Arbeitseifer des Bewusstseins nicht unterdrücken können. Das kommt davon wenn man anfängt, systemisch zu denken obwohl man schon immer so lebt. Ich und der ungeheure Rest.

23

Martin zu Hause, Welt, Zeit und Zeitung

An die Arbeit! Erst träumen, dann die Dinge an sich reissen, dann noch einmal Kalypso befragen. Noch zwei

Stunden. Ein Rundgang durch den Garten verlockt. Der Tee ist zu heiss, mehr Milch.
    Die Bewerbung schreiben. Seine Entscheidung ist gefallen. Die Ereignisse ringsum taugen nicht, Aufschub zu verlangen. Den Kindern Begriffe und ordentliche Theorie geben, nicht mehr behaupten, die Natur sei das Kunstwerk eines Schöpfers. Leben ein Wunder nennen aber nicht binden an Autorität und Jenseits. Der wilde Wein ist am jungen Fliederbaum emporgewachsen und liegt nun als feurige Krone über den Blättern. Ein Streifen aus roten Blättern, die morgen abgefallen sein werden. Manfred würde die feurige Krone verteidigen; Martin würde sie eine überflüssige, sinnverwirrende Metapher nennen. Denken und erleben kann man sie, aber aussprechen? Er nahm den Brief und schlitzte ihn auf. Den Krieg gegen die Metapher konnte er nur verlieren, mit einer Metapher. Sie bleiben Wegweiser für Perspektiven und Kontexte auf jeder Abstraktionsebene. Die Welt steckt in der Zeitung, nicht als Ganzes, nur in winzigen Splittern, die so gross sein können wie ein Weltkrieg. Wenn nun die Russen in Polen einmarschieren! Neunzehn Tote bei einem Bombenanschlag auf dem Oktoberfest, über zweihundert Verletzte. Was soll das sein? Teil des Ausrottungsprogramms einer hybrid gewordenen Weltanschauung? Im Garten ist auch Oktoberfest! Diesmal werde ich den leiseren Kandidaten wählen. Er schwenkte herum und betrachtete die Wahlbenachrichtigung auf der Pinnwand. Heraus aus der Abhängigkeit, der selbst verschuldeten. Schafft Identität Unabhängigkeit? Das liesse sich mit Manfred erörtern; endlich weg von den Bildern: die Holzwege im Wald renaturieren.
    Fünf neue Vornamen. Drei Kinder. Mühelos kamen ihre Blicke zurück, konservierten das Gesicht. Ein Gewicht auf den Armen, es zählt nicht: nur das Wort ist da, das sie über die Kinder hinweg geschrien hatte. Und die weisse Bluse, bestimmt im Schritt zusammengenäht damit sie straff auf den Brüsten sitzt. Ihr Ausdruck zwischen Lächeln und Lachen war in der Vorstellung, unerreichbar für Worte, pure Realität und

reine Erkenntnis. Weil, ja du hast richtig verstanden, hatte Manfred einmal den grossen Soziologen erläutert – laut gesagt – weil, nicht obwohl, keine Verbindung zwischen dem Lächeln und der Erkenntnis der Bedeutung des Lächelns besteht. Er schrieb sich die Mahnung hinters Ohr: belästige nachher Frau Wagener nicht mit erkenntnistheoretischen Ungeheuern.

Auf dem Tisch lag die ausgewertete Zeitung, dem Brief an Manfred fehlte nur die Briefmarke und die Bewerbung um die verlockende Stelle steckte mit den Unterlagen in einem Umschlag, der noch nicht adressiert war. Martin geriet in Versuchung, Freiheit und Unabhängigkeit und Selbstbefriedigung und Eigenversorgung zu feiern und den Termin mit der Frau Wagener – Fabian soll nicht, oder soll doch aufs Gymnasium wechseln, was ging ihn das alles an – sausen zu lassen. Sich die Zeit vertreiben! Wieso sich? Er hatte weder sich noch die Zeit vertrieben, er hatte ein Zeitfenster. Die Fesselung an Bilder ist unerträglich. Er hatte gehandelt, ohne an Zeit zu denken, aber mit dem Wissen, dass nachher und morgen und später immer Zeit sein wird, solange die Zellen ihre Signale fortschicken und austauschen und im milliardenfachen Getön in der Millisekunde den Gedanken herstellen: du hast gut gearbeitet und dafür gesorgt, dass morgen und übermorgen für dich auch noch ein Tag sein wird.

Rauchen, erst etwas essen. Nachher sind zu komplizierte Abstimmungen nötig. Tumb wird er sein, so tun, als sei nichts, nur Sachlichkeit wie Büro, Treppenhaus, Tabak und Pfeife. Er wappnete sich, legte die Beinschienen an machte Pause mit verschränkten Armen hinter dem Kopf, sah weit in die Ferne, aus der kein Signal kam, sah vorbei an Kalypso mit geradem Blick ohne in die Umlaufbahn ihres Hinterns zu geraten. Erstens: es gibt keinen fünften Fuss! Wer hat ein Interesse daran, diesem Maler einen Anatomiefehler oder Spökenkiekerei anzuhängen.

Martin streckte die Beine weit von sich, legte die Pfeife weg und nahm sich einen Keks aus der Selbstversorgerkiste.
Die Schlange, das Katzentier und der Hahn drängen zwischen Odysseus und Kalypso. Sie hat Befehl, ihn ziehen zu lassen.

Nymphe, Göttin: Befehl ist Befehl, hast du schon das Floß im Sinn, das ihn davontragen wird? Martin durchsuchte das Bild und einmal stand er auf und versuchte, so wie Niki vorhin, zwischen die Figuren zu sehen. Vorhin, im Bett, hatte er Odysseus aufgegeben, sah sich nicht mehr als Copie dieses angeblich ersten modernen Menschen, jetzt nahm er den Brief Manfreds auf und überflog noch einmal die Zeilen. Das Bild sagt nichts, es ist reine Mitteilung ohne Information. Erst wenn ich schon Kenntnisse habe über Vieles, das dem Bild anhaftet: die Ideen, die Formen, die Farben, die Geschichte der Geschichte, entstehen in mir Informationen. Ich kommuniziere mit Kunst, über die ich aber etwas wissen muss, dann kommt vielleicht nichts Banales dabei heraus. Bei Martin kam mehr hinzu. Er legte Wert auf die zu verbergende Privatheit, nicht aus Furcht davor, dass sie ihm entrissen und er zum Gespött gemacht würde, eher als geheimnisvolles Elixier, das nur unter zwei Augen in einem Blutkreislauf wirkt und nie mit anderen geteilt werden kann. Und so lässt sich vermuten, dass Martin den Abschied von seinem Odysseus mit Schmerz hinnahm und mit Neugier aus der Sicherheit des ewigen Schicksals in die Unsicherheit der eigenen Entscheidungen, ob mit oder ohne freiem Willen, trat, zu Tränen gerührt von der Abschiedsszene und zugleich mit in der Brust hüpfender Absicht, diese Kalypso wegzuholen vom scheidenden, endlich per Götterbeschluss seine Frau wieder erkennen sollenden Odysseus und sie aus dem Bild stanzen: einen Blick, den er schon kannte und den er heute Abend wiederzusehen erhoffte samt diesem Spiel um den Mund herum und einem Hintern, den er sich schliesslich in eigener Regie bestellt und in Bewegung gesetzt hatte.

Order: Abfahrt in zehn Minuten. Fahrig suchte er die Sachen zusammen, zog eine andere Hose an, wischte die feuchten Hände über den Hosenboden. Die Gedanken springen nach einer Ordnung umher, die er nicht verstehen kann. Artigkeiten überlegen, die die Sache leichter machen aber peinlich werden können...

Er wird sich auf Worte, nicht auf Sachen verlassen; die letzte weisse Rose im Rondell, hoch aufgewachsen, bleibt stehen, vielleicht hält sie sich bis zum nächsten Mal. Martin, frei: Ging in das Bild/Und fragte die Frau/Odysseus?Ich bin das Wild/Nimm mich ins Tau – Nein!

24

Zum Nobiskroog

Die Umständlichkeit seines Aufbruchs fiel ihm auf. An der ersten Ampel bedachte er immer noch das Garagentor, die Haustür und das Licht im Flur. Der Wagen fuhr zu den Drei Hasen, Martin fuhr zum Kroog, in dem er einmal im Monat eine Nacht verbrachte. Es ist sein geheimer Ort, über den er nie spricht oder berichtet. Er führt nur ein Protokoll über die Besuche. Dort nimmt man unter anderem den letzten Drink auf dem Weg aus der Welt in die Welt für den die Kreuger keine Währung mehr verlangen. Der Kroog ist der Ort der Paradoxien, wo man ankommt und zugleich weggeht und immer am selben Ort ist, wo die Zeit fliesst und zugleich ehern steht und manchmal explodiert, wo Hirn und Körper gleichzeitig fühlen und denken und beides auseinanderhalten können. Ein Ort der Einübung von Unterscheidungen, wie Zeit und Ewigkeit und Diesseits und Jenseits und Kultur und kultiviert. Hier ist Stille und leuchtende Fröhlichkeit.

Und die einen Gäste sind markiert und haben den Tod schon gesehen und wissen: es gibt ihn wirklich. Sie sind fröhlich mit den anderen. Und diese anderen, die noch hoffen, sinnieren still vor sich hin und erreichen Tiefen, in denen sie erkennen, wie unauslotbar sie sind. Martin gehörte zu den Letzteren, er liebte das Gespräch mit denen, die schon gezeichnet waren und es sich nicht anmerken liessen, so wie vor Wochen die alten Schriftsteller und Kritiker mit ihren Musen. Er fuhr ohne Stimmungen und Erwartungen, probierte weder Ausreden noch Fluchtpläne. Sein Bild von Renate und ihre Realität werden über dem Luftraum zwischen den Sesseln zusammenstoßen. Und da sollte er über Fabian und das Gymnasium reden?

Wahrscheinlich wird heute eine andere Renate da sein, eine frühere, die er kannte und fürchtete. Eine unerreichbare Heroine irgendeiner Bewegung Ende der sechziger Jahre voller uferloser Anmassung und fahrlässig erworbener Immunität gegenüber jeder Form von gedanklicher Durchdringung der Probleme der Gesellschaft; ein Erdenkind, das bei Lionel Hamptons Musik Sofortallergien bekam, denen nur durch einen Gewaltexzess, wenigstens in der Phantasie zu begegnen war; und dabei getragen von Sympathien einer Umwelt, die wie ein Substrat voller Nährmittel wirkte.

Und Martin dachte ohne Übergang sich selbst: Ich bin in der Welt und kann sie nicht sehen weil ich sie nicht von etwas anderem unterscheiden kann. Ich bin nicht draussen, wie die anderen, die behaupten, auf die ganze Welt als Apfel, den man schälen und verspeisen kann, hinschauen zu müssen, kauend, schmeckend, verdauend.

Im Kroog hinterm Tresen stehen Gottlieb und Teufling und mixen Weltanschaungscocktails höchster Qualität, die sicher, selig, besoffen und schuldlos machen.

Wer sich traut, die beiden zu beobachten und anzusprechen bekommt Empfehlungen für Genüsse subtilerer Art. Die „White Lady", die sie dann ausschenken, wirkt als Programm, das Gottschalk, wie sich Gottlieb auch nennt, aus dem sozialen All verschwinden lässt. Zurück bleibt Teufling, der dich freundlich durch seine Titaniumbrille anschaut und leise sagt: na dann wollen wir mal genauer hinsehen und uns die Sache durch den Kopf gehen lassen.

Verlasst die Tempel fremder Götter, glaubt nicht, was ihr nicht selbst erkannt ... Martin summte die Melodie.

Dann hatte er wieder Renate auf dem Schirm. Ehe er mit umständlicher Fragerei herausbekommen hätte was Renate denn heute interessierte, was sie jetzt antrieb, was sie dachte zu Diesem und Jenem, was sie durch Schicksal in Erfahrung gebracht hatte und wie sie damit umging, ob sie sich überhaupt Gedanken machte oder nur fixe Beschreibungen vorweisen konnte, womöglich kokett oder gar naiv vorgetragen, wäre die Welt aus der Konstellation gerückt, in der er einen winzigen Splitter im Augenblick gefangen hielt: das Bild der Frau, die ihm ohne Sprüche und Wenn und Aber die Kinder mitgegeben hatte: wer so etwas tut, wird nicht mehr auf Tauglichkeit getestet. Die anderen Worte finden sich dann schon. Dass ihm Renate nicht spöttisch und skeptisch blickend gegenübersitzen würde, war also sicher. Er brauchte sich nicht selbst hervorzukehren und in die Schlacht um Reputation zu werfen. Er konnte still und bescheiden sein und von den Dingen berichten, die er mit den Kindern erlebt hatte. Da wären sie auf pädagogischem Terrain, auf dem leicht ungefährliche Allgemeinplätze loszulassen waren, hübsch garniert mit eigenen Sentimentalitäten zu dem unmöglichen Unternehmen Erziehung. Hier konnte er von seicht bis tief, von lustig bis brutal mithalten.

Nun, als er diese Vorstellungen zu Ende gebracht hatte, sah er gelassener dem Abend entgegen: Erwartungen an Renate und sich brütete er also doch an. Sollten sie auch gemeinsam eine „White Lady" probieren? Der Blitz hinter der roten Ampel drang ohne Verzögerung in den Körper ein, sprengte die Kammern der Neurotransmitter auf und setzte eine hochkomplexe Molekülreaktion in Gang, der er mit Verstand und Bewusstsein nicht beikommen konnte. Für Gedanken an Renate blieb keine Energie, alle Kräfte arbeiteten an der Lähmung seiner Glieder, dem Schmerz unter dem Brustbein, an den Stichen im Magen und der Hitze, die den Körper überflog.

Im Nachhinein sah er das rote Licht dieser Fussgängerampel, mit einem Blitzer gesichert, seit hier ein Unglücklicher eine Unglückliche angefahren hatte, die später im Krankenhaus starb. Nun liess er den Wagen ausrollen, streifte den Schimmer einer Hoffnung, als er im Inneren die Sache rückgängig machen wollte. Heute war niemand überfahren worden. Es ging nur um Geld und ein eigenartiges, beunruhigendes Versagen, das er nicht an sich kannte.

Er wusste ungefähr, warum er die rote Ampel übersehen und überfahren hatte: Seine Automatik hatte versagt. Den Vorfall konnte er gleich als Einleitung Frau Wagener erzählen und eine Menge daran aufhängen. Aber was hat die Automatik gestört? Das ganz normale Denken in sprachlicher Form war es nicht. Es waren die Bilder, die dabei entstanden, oder das eine Bild, das einfach durchschlug und genau wie in der Elektronik, Schaltkreise des Lebens vorübergehend für andere Aussenbilder wie das der roten Ampel unempfänglich macht.

Bei angespornter Aufmerksamkeit reinigte er die Umgebung der Automatik von Bildern, nicht ohne noch einmal das Lachen im Lächeln und die in den schwarzen Spuren verschwindenden Rücklichter des Wägelchen heute morgen auf der nun freien Strecke zuzulassen. Dabei fuhr er langsam und glaubte die Zeit zu dehnen. Muss es der Kroog sein, den er sich ausgedacht hatte, in dem nie etwas passiert war. Heute wird das Lokal seinen richtigen Namen tragen, eine Frau wird oben im Salon sitzen und Heinrich, der Mann an der Bar, wird sich nicht anmerken lassen, dass er diese Frau hier noch nie gesehen, aber immer vermisst hat.

Noch eine Ampel, Rot. Er stellte den Motor ab. In der Stille trägt er Frau Schneider die Böschung hoch. Vielleicht ist sie schon wieder zusammengebrochen, hingefallen, die Hand auf einem Kinderschuh. Wenn dieses Wort nicht wäre, mit dem sie ihn markiert hatte.

Auf dem Parkplatz zog er die Handbremse über die Ratsche, nahm den Blitz an der Ampel, die weisse Rose aus dem Rondell in seinem Garten und das Wort der Marlene Schneider unter Verschluss und legte eine Kassette ein. Im heissen Pool des Swing las er immer nur den Namen der wunderbaren Kneipe: „Zu Den Drei Hasen". Gedruckte Sprache kann nicht swingen.

Sie war ihm vertraut, er kannte den Wirt und den Heinrich, der die Bar bediente. Die Erinnerungen an den Salon oben, wie er hier genannt wurde, waren keine Erinnerungen an

Träume, die schon beim Aufwachen ihren Sinn, nicht aber die Tönung der Gefühle verloren hatten. Heute aber würde er zum ersten Mal nicht allein sein. Der Einfall, Frau Wagener einzuladen, durchbrach ihm den Sinn vom Kroog, aus dem er sich immer allein eingeschenkt hatte. Nun würde er nicht mit sich selbst am Eingang zusammentreffen, sondern mit einem fremden Ich, das noch nicht hierher gehörte.

Er würde Renate im Salon erwarten. Hier gab es nur Vornamen, die erste Umkleidung der Person. Frau Wagner ohne Familie und Ort und Beruf, Renate allein als Kalypso, die dir die Hand in die Achsel legt. Man kann später, wenn man genug getrunken und geraucht hat, alles wiedergewinnen, vorläufig. Renate also, mit der ihn etwas verband: sie hat ihm Kinder übergeben, sie hat Blicke und den Beginn des Lächelns vor einem glückseligen Lachen offengelegt, ein flüchtiges Vertrauen in zelltiefe Gewissheit verwandelt.

So sass er entspannt im Wagen, vibrierte mit in der treibenden Musik, die mit frischer Schärfe und hoher Präzision in den Körper schnitt und Elektrik und höhere Chemie aktivierte, mein Herz rast mit.

Er lud sich auf, holte das goldene Zeitalter noch einmal ein. Er zerstörte die Erinnerungskiste der Anmaßungen und liess, überlagert vom unheimlichen Drive des Swing nur übrig: So etwas kann heute niemand mehr. Sie versuchen es, sie kündigen es an, sie imitieren kläglich. Auf Verdacht und Hoffnung hingehen, gespannt auf den Strom der perlenden Emotionen; enttäuscht über das Unvermögen, das den Musikern nicht peinlich ist; lesen in den Gesichtern der Zuhörer: wir sind noch nicht immun, gebt euch Mühe, Stoff aller Art ist kein Ersatz, in der klassischen Musik geht es doch auch. Martin konditionierte seine Vergangenheit. Wiederbeschreibung der guten Seiten, das intensive Leben mit Frau und Kindern inmitten von Leuten, die nicht anders waren als sie.

– Jetzt!, schrie er durch den Wagen in die Musik hinein.

Auf dem Weg zum Eingang, der einladend und wunderbar beleuchtet vor ihm lag, im Körper noch den reissenden Schlag der Zigeunergitarre, vergewisserte er sich aller Gegebenheiten, die eine Enttäuschung unwahrscheinlich machten. Er sollte sie gleich wie selbstverständlich in einen festen Griff nehmen und sanft aber nachhaltig auf den Mund küssen, gelassen, mit gutem Blick. Nicht vergessen: die Perlenkette am Hals festziehen. Im Kroog konnte ihm nichts passieren. Martin unbestimmt: Ging in den Krug/Zu Gottschalk und Sohn/Der Teufel? Plant keinen Trug/Scharf sehen ist Lohn — nevermore.

25

Die drei Hasen

Als er die Portiere teilte und am Tisch neben dem Pfeiler Renate sitzen sah, musste er in den Vorhang greifen und sehr fest halten. Die weisse Bluse, glatt wie ein Männerhemd, im Schritt zusammengenäht? Beim Weitergehen, schon in Panik mit stotternden Lippen, bemerkte er den Irrtum, atmete tief ein und suchte sich einen Platz, von dem aus er die Frau nicht sehen konnte, aber die Treppe nach oben und die Portiere im Blick hatte. Nun erst atmete er aus. Schummerlicht, die niedrige Decke noch tiefer, drohende Dekorationen ringsum, ein halber Pflug, Dreschflegel, eine Sense, zum Schwert geformt, das Bild dort hinten: Sie schlagen aufeinander ein, vermeiden, sich aufs Blut zu verletzen, müssen und wollen aber töten. Nun Spiegelungen im Firnis von seinem Platz aus, hinsehen zu der Stelle mit dem todergebenen Gesicht. Das einzige Bild dieser Art in der Welt. Wer die Treppe nach oben in den Salon betritt und sich der ersten Stufe vergewissert und ihrer Lage im Raum, musste dieses Gesicht erleben.

Das Bier war zu kalt. Handzeichen: mit Daumen und Zeigefinger die Grösse des Glases und mit der Kippbewegung die Verwendung angeben. Das Mädchen hinter der Theke war erfahren, hier unten. Wenn es so weitergeht, wird es ein wortloser Abend. Warten, die Momente des Jetzt sind vertane

Zeit, aber nur wenn man es zulässt. Er schlug die Brieftasche mit Kalender, Adressenliste und Notizpapier an der Bücherstelle auf, sagte der Bedienung, die mit seinem Geheimnis des Krugs nichts zu tun hatte, dass dieser Schnaps besonders recht sei, und überlegte sich dann, welches Buch er am Samstag kaufen würde. Er sass die Gegenwart ab aber ordnete die Zukunft, wenigstens die, die er selbst bestimmen konnte, die frei war von Wahrscheinlichkeiten und Risiken. „Über Freundschaft", las er. Kann die Autorin eine Freundschaft zwischen mir und Marlenes Kindern beschreiben?

Lampenfieber hat eine geringe Ausbreitungsgeschwindigkeit in seinem Körper. Erst jetzt brauchte er eine Toilette. Dort schlug er nicht die Zeit, aber seine Lage tot. Ohne Spannung laufen lassen, nur dabei sein, Händewaschen, zweimal mit heissem Wasser, in den Spiegel sehen und die Flüchtigkeit bemerken, mit der er sein Gesicht abnahm und dabei nichts feststellte. Der Blick erblickt sich und bricht zusammen. Früher war mehr Hoffnung: wer könnte sich in mich verlieben, ob ich lache oder weine?

Er war sein eigener Zuschauer und sah nur das, was er sah und er war Beobachter seiner Umwelt und konnte nur sehen, was er sehen konnte: Nicht seine Pirouette in Hochgeschwindigkeit und den lautlosen Sturm die Treppe hinauf; aber dafür die beiden Frauen an dem Tisch, an dem er vorhin selbst gesessen hatte: Renate Wirklich, also Frau Wagener, Strickjacke und weisser Kragen. Und wer steckt hinter den langen Haaren ohne Gesicht?

Diese Haare streiften das gelbe Gras. Die in der Küche schreiende Marlene! Aus der Bewegung heraus raste er mit gepresstem Atem den Fluchtweg in den Salon hinauf.

Ein Salon, zierliche Ledersessel in Schwarz und Weiss, Raucherzimmer der Heimat, Asyl der Zigarrenraucher, die im Verein Rekorde aufstellen: Anzünden und den Brand verlangsamen, am Ende Asche; das war die Realität, nicht seine Metapher des Krugs. Er ging, mit kurzem Atem, zu seinem Stammplatz. Unterwegs machte er das Zeichen: heute nicht! Er hatte nur das Jetzt zur Entscheidung, daneben war die Abbruchkante.

Vorübergehende Anpassung an vorübergehende Lagen? Hier ging nichts vorüber, der Spruch gehört ausgewechselt. Hier war Revolution, eine viel zu schnelle Änderung der Umwelt und der Ereignisse, die aufeinander folgten. Er musste entscheiden. Abhauen, Distanz schaffen, die Orte nicht so dicht zusammenlegen. Es wagen, es drauf ankommen lassen. Oder hatte er sich nur wieder geirrt?

Er lachte, als er sich durch die Portiere spähen sah: das sind sie. Und die Lagebeurteilungssicherheit löst sich auf wie das Bild der Marlene eben hinter den langen Haaren, die das Gras gestreift hatten.

Einen Entschluss fassen und das Gegenteil tun. Als er die Treppe erreichte und hinabsah standen unten die Frauen Arm in Arm und sahen zu ihm hinauf.

Und er wollte sich ihnen entgegen stürzen, die Mauern aus Leibern und Glas durchbrechen und dann bis zum rettenden Wagen rennen.

Sein Körper aber verharrte als stünde er unter neuem Kommando. Gleich wird sie losschreien.

Sie kamen mit gereckten Hälsen die Treppe hinauf, er ging ihnen entgegen mit gesenktem Kopf, berührte sie und zog sie hinauf, in jeder Hand eine Hand, die sich bewegte. Und forsch und laut nahm er oben die Mädels aus der Hand in den Arm.

Drei Augenpaare suchten einander. Marlene blickte starr, ihre Neugier verstand nichts. Sie erkennt mich nicht. Renate machte, im Schreck über die schnelle Beförderung über die Treppe, weite, dunkle Augen, blinkte dann aber winzige Signale, die er als Einvernehmen einer künftigen Gefährtin auslegte. Kalypso bleibt Leinwand, hier sieht Auge in Auge und unter den Händen fühlt er bewegte Parabeln. .

Die weissen Sessel für die Frauen. Er hatte einen Blick Marlenes auf Renate verfolgt: ein Paarblick, wie ist das möglich? Gemeinsame Gemeinheit oder Hingabe? Vorläufig die Gewissheit, hoffnungsfroh sein Glaube: Marlene hat keine Ahnung, wer hier vor ihr sass.

Martin stand auf und bestellte leise am Tresen die White Ladies, die er sich ausgedacht hatte und besichtigte nachlässig einen Fluchtweg über eine zweite Treppe. Als er zurückkam brannten schon die Zigaretten, oval, kurz, aus der blauweissen Schachtel, die er gestern morgen in der Handtasche untersucht hatte. In den Duft hinein atmete er tief. Im Dämmerlicht sah er in freundlichen Augen bezahlbare Erwartungen. Nichts, absolut nichts, konnte er darüber erfahren, was in den Gedanken und Vorstellungen der Frauen vor sich ging und von welchen Gefühlen und ihren Kombinationen sie begleitet oder angespornt wurden. Freundliche Augen, mehr gaben die Gesichter nicht her. Er wusste ja selbst nicht mehr über sich Bescheid. Warum verlöschten die Bilder sofort wenn er in seiner Glücksangst hinsah? Marlene an der Böschung, unbewegte Augenlider und langes Haar im Gras, daneben die schwarze Lieblichkeit der Renate vor der Scheibe mit der Efeuranke. Er sass da und wollte die Hände ringen, wie er es irgendwo gesehen hatte. Renate begann. Sie hatte diese Lage schliesslich geschaffen. Er konnte mitdenken, als sie über den schönen Sessel sprach, dessen Lehne sie streichelte. Er hätte gerne erfahren, wer sie auf die Idee gebracht hatte, oben nach ihm zu sehen, so dass der Tanz auf der Treppe hatte stattfinden können.

— So gut ist es meinem Rücken lange nicht gegangen. Sie übertrieb, absichtlich, sass doch erst zehn Atemzüge lang in den weissen Gurten. Irgendein Band im Kreuz würde doch umgehend anfangen, an einem Nerv zu reiben, der seinen Job auch gleich besonders gut machen würde. Wieso ist das von Haus aus so mangelhaft eingerichtet? Achtzig von Hundert leiden an Rückenbeschwerden. Martin dachte sich Muskelfasern: sie erhalten Befehle, zu versagen, aufzugeben, starr zu werden und Nerven einzuklemmen, aber warum? Warum hat der Hund 'nen Schwanz? Ich will wissen, wie er möglich ist, dieser Vorgang in Raum und Zeit, Zelle an Zelle, Molekül an Molekül. Renate sah ihn an. Ganz sicher: sie konnte nicht erkennen, dass er von diesen Wünschen bei voller Fahrt absprang. Marlene sah zu Renate hinüber und rutschte dabei im Sessel zurück, Mitleid und ein Mitfühlen im Gesicht, das überzeugend wirkte, auch wenn man sah, dass eigene Erfahrungen nicht dahintersteckten. Die lange Frau war eine Katze, und die haben nie Rückenbeschwerden. Mit solchen Vorstellungen und Phantasien war ihre Lage hier nicht zu bestreiten. Drei Körper, drei Köpfe, drei Umwelten, keine Mikrofone, keine Kamera, ohne Drehbuch und allwissende Beobachter. Sie waren Drillinge aus einem Leib und wussten es nicht.

Martin hatte die Lagebeurteilungsmaschine abgestellt. Sein geringer Wissensstand durfte nicht auffallen. Die aktuelle Unterhaltung, ein heiteres Pianospiel, swingend aus der linken Hand, bediente er mit Worten, die den Rhythmus stabilisierten und die Fragen nicht aufkommen liess: was führen die Frauen im Schilde, was steckt dahinter, wieso ist alles noch so locker hier? Heinrich brachte die zweite Runde. Doch: drei hochauflösende Gehirnmaschinen für soziale Situationen, die nicht trivial arbeiteten, sondern unterscheidungsgeschärfte Sensoren und tiefreichende Speicher besassen. Er zwang sich, die Augen nicht scharf zu stellen und ganz ungeniert in den Gesichtern der Frauen, die nun nur noch Vornamen hatten, zu forschen. Weiter war sowieso nicht zu gelangen. Hinter diesen Stirnen kann niemand operieren. Schlüsse kann man nur ziehen, wenn sie reden, den Mund aufmachen zu Mitteilungen, die irgendwelche Informationen enthalten, die sich selbst dann erst als solche zu erkennen geben, wenn sie mit eigenen Mitteln zum Leben erweckt werden. Aber dieses konstruierte er sich doch: Marlene sah abgenutzt aus und trank ohne Zuversicht aus dem ersten Glas. Also einen Rücken hatten wir schon, jetzt zu den Sesseln, weisses und schwarzes Leder in breiten Bändern, Armlehnen aus kaltem Metall? Es war überzogen mit einem Kunststoff, der keine Wärme leitete. Martin erklärte und sagte:

— Sie müssten nur noch verstellbar sein.

Und Renate sah so aus als dächte sie gerade: damit ich näher an dich heranrücken kann. Marlene probierte und rückte tatsächlich zum Tisch. Das würde sie nicht machen, wenn es um eine Abrechnung ginge. Er nahm sie nicht mehr als Risiko, als Bedrohung, schwer vorstellbar, dass sie nach dem Scherz, den sie gerade sagte, umschlagen könnte. Sie hatte doch auf der Treppe auch die Hand ausgestreckt. Details von Bedeutung in Sekundenbruchteilen. Martin lebte seit Jahren allein. Eine Exfrau mit Kind, weit fort, er ohne Sorgerecht und legalem Kontakt. Marlene könnte mit ihren Kindern in Schwierigkeiten sein: Drei Väter ohne Rechte! Er sah den Wagen von der Strasse verschwinden und suchte das Tier, das nach links entkommen konnte. Sie war sehr unsicher, sie hatte keine Regelung mit den Vätern, sie war illegal. Und sie hatte zu viele Augen für Renate, nicht für ihn.

Zwei Fragen blieben: in welchem Verhältnis stehen die Frauen zueinander und in welchem Nervenzustand befindet sich Marlene? Hatte er das Wildschwein wirklich gesehen?
Über ihre Intentionen, Erwartungen und Begierden wusste er nichts. Die Bindung an Kinder, an drei und dreihundert, konnte nicht alles sein. Nun tranken sie wieder, beschäftigt mit Martins Worten über Zufälle und glücklichen Ausgang, und jeder Gaumen war anders fasziniert von der herben Süsse dieser eisigopaken Milch. Wie viele Minuten waren vorbei? Der Atem ging wieder ruhig. Zurechtkuscheln im Sessel mit Renates Bemerkung, überhaupt: die Gedanken lichtschnell wiederholen, verdoppeln und ordnen. Die ersten Worte waren gesprochen, kein Aufschrei. Jetzt muss angedockt werden, irgendwie, und er überlegte, ob er nicht die Geschichte von dem Mann erzählen sollte, der anpries, die vollkommene Rückenschule erfunden zu haben oder die Sache mit dem Hexenschuss: durch Übung vom Krüppel zum schmerzgetriebenen Artisten.

Gegenwart. Jetzt. Nur hier in den Sesseln. Und die Drei können nicht anders: die Gedanken geraten in den Sog der Operationsweise von Anwesenden: sie müssen reden – und sie tun es. Und Anlass ist die Aktualität. Der Raum, der Mann hinter dem Tresen, das besondere Leder und der schmerzende Rücken, die Fragen nach dem Getränk und ein Lob dem aromatischen Pfeifenrauch.

Martin verliess die Fiktion vom Kroog. Sie half ihm wenn er einsam war und Gegenwart nicht so genau nehmen musste. Jeder Mythos hat eine Funktion, und jede Funktion hat einen Bezugsgesichtspunkt. Martin verliess Tod und Verderben. Nun war Liebe, sie mussten die Worte dazu selbst finden. Hier war verdichtete, gegenwärtige Gegenwart, die alle Aufmerksamkeit aufsog weil sie einfach nicht Vergangenheit wurde. Die Halbwertzeiten der Gegenwarten sind sehr, sehr unterschiedlich.

Sie sitzen gespannt, rauchen und trinken und reden leise, lauter dann mit der nächsten Runde, haben in den Augen der anderen weder Angst noch Gefahr gelesen. Martin versuchte sich daran, ein Bild von den verwandelten Alarmglocken auszubauen: War nicht schon geklärt, wer wen angreifen, beleidigen, loben und lieben musste. Eine heitere Unverbindlichkeit wird sich nun einstellen. Immer noch Swing.

Die Signale sah er. Nun musste er sie deuten und dann konnte er mit eigenen antworten. So sollte vielleicht über die belanglosen Worte hinaus etwas ausgedrückt werden, für das Worte zu eindeutig, zu gefährlich waren, da sie sofort abgelehnt werden konnten. Gibt es Schlimmeres, als die Zurückweisung deiner Worte, die Ablehnung deines Angebots, miteinander ohne Streit zu reden? Seine Sperren waren offen. Er konnte nachahmen und den Blicken entgegenhalten, obwohl er keine Übung hatte. Aber er wusste, das man bei Blicken immer leicht bestreiten konnte, etwas bestimmtes gemeint zu haben. Dagegen: gesagt ist gesagt, kein Wort lässt sich zurückholen oder löschen. Und wie es gemeint war? Der Beteuerer hinkt schon beim Start und verliert die Luft bei Kilometer Dreissig. Das dachte er sich aus, warf Blicke der Bewunderung, zurück, unterstützt von den tausend kleinen Muskeln, die Gesichter angeblich zu Buchseiten machen können. Beinahe hätte er angefangen, seine Gedanken den Frauen zu erklären und hätte damit alle Stimmungen, alle

Heimlichkeiten und alle Schamhaftigkeit zum Verschwinden gebracht. Er hätte die verborgenen Voraussetzungen zerstört.

Und er konnte dies in seiner dimensionslosen Nüchternheit denken und zugleich, doch, doch, zugleich, der Renate zuhören, die jetzt den Terroranschlag in München auf dem Oktoberfest mit einem Amoklauf an ihrer Schule verknüpfte und hängenblieb im dornigen Gestrüpp der Vorahnungen und Wahrsagereien, aus denen sie sich dann mit Hilfe der Gesten und Bewegungen zum Anzünden einer Zigarette befreite und damit für Martin aus dem Bild heraustrat in eine andere Realität, in der von der Kalypso des Bildes nie die Rede sein durfte, selbst dann nicht, wenn sie eines Tages nackt, satt und erinnerungsvoll einander um die Handgelenke greifen würden. Marlene bringt Renate heraus aus der Verstrickung, Martin macht sich nicht lustig über die Nähe der Ernsthaftigkeit. Dann eben Blues. Die nächsten Themenrunden schwebten und perlten noch einmal, weit fort von nahen und fernen Bedrohungen. Sie waren mit ihren Sesseln nach vorn gerückt und stützten die Arme auf die Knie vor der Tischkante. Nähe und Berührtheit begannen, sich in Verben zu verwandeln. Martin spielte mit der Geschichte von gestern: man könnte sie so fassen, dass mehr dabei herauskam, als ihr vertrauliches aber lautes Du, das die dritte Runde eingeleitet hatte.

Sie hatten Präsenz und Lautstärke erreicht, die aus ihrem Dreieck, in dem noch immer keine entscheidenden Sachverhalte besprochen wurden, heraus drang. Publikum hatten sie nicht, nur den Heinrich, der die nächste Runde White Ladies brachte und dabei ihr Schweigen, das sofort entstand, mit einem Blick durch alle Gesichter beantwortete. In die Augen zu sehen traute er sich bestimmt nicht.

Marlene und Renate waren zu auffallend im Typ; aus allen Medien bekannt; in Wirklichkeit selten anzutreffen, da nicht leicht imitierbar; hier selbst im Dämmer präsent im Glanz ihrer Ausstrahlung, von der sie selbst natürlich eine Ahnung hatten. Er hielt mit, sie gaben ihm alle Chancen. Renate hatte wie heute morgen gelacht. Sie war aus dem trauernden Stahlblick der Kalypso in diese Runde gelangt. Marlene hatte nichts mehr von ihren Auftritten als kinderrächende Amazone an sich, sie lachte offen, gesammelt und konzentriert mit einem Charme, der zu dem strähnigen, langen Haar nur ganz allmählich in seinen Augen und hinter ihnen in den Bewertungszentren passen wollte.

Kurz: Er war gelöst und recht beweglich in allen Reaktionen, spielte mit grossem Einsatz an Einfällen und Gesten über das Netz zurück auf zwei Gegnerinnen, die irgendwie eingeübt kooperierten aber nicht auf Gewinn spielten. Es fiel nicht ein einziger Satz, der ein vergiftetes Wort enthielt. Und Blicke und Gesten, die sich widersprachen, die paradox erschienen, gab es nicht.

Er hätte aufstehen und beide umarmen und auf den Mund küssen können. Sie hätten ihn nicht zerrissen. Er stand hier nicht vor Sirenen. Nur danach hätte er nicht weitergewusst. Er war für sich noch immer ein Angeklagter und aufdringlicher Fremder. Auch wenn die Frauen ihn nicht so sahen und behandelten, er konnte aus seiner Vorstellung, in der er sich sah, noch lange nicht heraus. Auch der Gin in den Cocktails änderte daran nichts.

Vielleicht aber förderte der Gin ein Schwinden der Hemmungen, ihre Brennpunkte zu besprechen und sich von durchsichtigen, harmlosen aber verbindlichen Motiven erlösen zu lassen. Das Bild der Tennisspielerinnen gab er auf. Ein Schachspiel für drei Personen gibt es: Weiss hat den ersten Zug, alles andere folgt dann den Regeln und den Entscheidungen, die auf Gewinn setzen. Aber wer hat hier Weiss? Und sie waren zu Dritt und die Unmittelbarkeit der Körper und die Blicke in die ungeschützten Gesichter verbannte alle Bilder und und Kalkulationen. Es gibt tatsächlich Dreierspielfelder. Ihn schüttelte es bei diesen Gedanken an ein Schachspiel zu Dritt. Sie sahen seine Bewegungen, sie wollten ihn befragen. Und schon sagte er etwas von einem Schachspiel zu Dritt und dass noch niemand eine Eröffnung vorgeschlagen hatte.

Nun kam das schnelle Ende ihrer Party der Unverbindlichkeit. Es war allen klar, dass Martin von realen Dingen, Sachverhalten und von Königinnen angefangen hatte. Nur Fabian, der Anlass, kam immer noch nicht vor. Er hatte angefangen, sie mussten fortfahren, und sie hatten nicht Zeit. Die Kinder sind allein zu Hause. Kopfgesenktes Schweigen, ferne Blicke und unbeholfene Erinnerungen. Oder war er noch einmal und schon wieder dran? Hatte er etwa keine Figur nach vorne gestellt?

Es gab noch einen Aufschub für den Aufbruch und damit eine neue Chance, Marlene zu verstehen und Renates Entschluss, die garstige Mutter mitzubringen, einleuchtend zu machen.

Er stand auf, reckte sich ungeschützt und sah dabei den Frauen in die Augen, von oben herab, scharf und starr, schon um das Gleichgewicht zu halten. Sie reagierten nicht anders als vorher. Sie schlugen die Augen nicht nieder, sondern blickten ruhig zurück. Und aus den Augen war nichts mehr zu entnehmen, keine Botschaft, keine Information, kein Verstehen. Wir hatten das schon durchgespielt, natürlich, warum sollten sie ihre Augenblicke wiederholen, warum sollte er blinzeln und ein Auge geschlossen halten, es war alles gemacht, und nichts gesagt! Und er fühlte sich sicher, hier nicht in eine Falle zu laufen und im Narrenkäfig zu enden. Marlene, warum hast du mich so angeschrien? Das versuchte er mit den Augen zu sagen und nur dort zu denken, wo es nicht von allein in Sprache umgesetzt werden würde. Und lange konnte er dieses Dauerfeuer nicht halten, vielleicht schoss er ja auch nur mit Manövermunition.

Er wandte sich ab, ging zur Bar, bestellte Zigarillos und eine Flasche Wasser, leise. Heinrich, der stille Mann, der heute nur ihnen zuhören konnte, obwohl kein einziges Wort für ihn bestimmt war, bewegte im Gesicht nicht eine Haaresbreite, nickte aber. Martin fragte sich: was sind wohlwollende Augen? Die Erwartung schafft das Bild.

Neben ihm stand auf einmal Renate und zog ihre Strickjacke über der Brust zusammen. Sehr leise sagte sie:

— Sie weiss nicht, dass du sie aus dem Auto gezogen und die Kinder gehütet hast. Sag es ihr jetzt. Ich habe sie zufällig getroffen und einfach mitgebracht.

Wie lange durften sie hier stehenbleiben? Angetrunken, unsicher und langsam in den Bewegungen. Als sie sich bei ihren Worten an den Armen berührten, blieben sie so lange zusammen, bis Martin die Wärme durch das Hemd hindurch spürte. Beinahe hätte er nicht hingesehen. Da war der Blick in vollkommener Paradoxie: haarscharf an ihm vorbei gerichtet und mitten ins Herz hinein und dazu das Spiel um den Mund, aus dieser Nähe eher verschwommen.

Sie mussten fort und er hatte nichts im Kopf, keinen Satz, keine Idee, die auszudenken wäre.

— Mach du das, ich gehe so lange nach unten auf die Toilette.

Ehe sie antworten konnte, machte er kehrt. Sollte er Marlene ansehen? Sie nahm ihn nicht auf. Vor der Treppe stutzte er. Sie führte zu steil herab, war ohne Norm gebaut, gefährlich und albern. Er stellte die Füsse seitwärts und blickte auf die Stufen und auf die Schuhe, so lange bis er unten war. Diese Treppe ist wie sie ist, für mich ist sie jedes Mal eine andere, weil ich immer mit neuem Körper und ewig anders fliessendem Bewusstsein an sie herangehe. Hier passt es genau: vorübergehende Anpassung ...

Auf dem Flur zweigte er durch den Vorhang in die Galerie ab. Dämmerlicht, niemand an den Tischen. Tastend ging er voran, streckte die Hände aus, bis er beinahe die Bedienung gefangen hätte. Sie lachten. Sie bemerkte seine Unsicherheit und nahm sie hin. Eine gute Bedienung. Sie versprach, ein Taxi zu rufen und das Gespräch nach oben zu legen, so dass niemand durchs Haus laufen oder rufen musste.

Warum schreit Marlene oben nicht? Im Spiegel sah er ein Gesicht, aus dem er nicht schlau wurde.

Dann steht er hinter den Sesseln der Frauen die sich nicht umdrehen und hört Marlene sagen:

— er hat gedroht Fabian mit Gewalt zu holen.

Martin ging rückwärts zur Treppe und stampfte mit dem Fuss auf, die Frauen drehten sich um und winkten ihn herbei.
  Nun sass er wieder im schwarzen Sessel. Der Versuch, eine Erinnerung an den Ausflug nach unten herzustellen, misslang. Die Frauen warteten auf Worte. Sie hatten ihm Wasser eingegossen. Seine Bemerkung dazu brachte sie zum Lachen. Es war zugleich der Anstoss, die Zigarillos anzuzünden. Sie steckten die Köpfe über der Flamme zusammen. Da war das Bild. Eine Blonde und eine Schwarze rauchen. Bewegung? Zurückwerfen der Köpfe vor dem Rauch, ein Tabakkrümel von der Lippe nehmen. Sie waren die Geschichte aber sie kannten die Fabel nicht. Das Bild sagt nichts. Aber er kannte auf einmal die Geschichte.
  Mit Taten und Worten hatte er seine Umwelt angekratzt und zum Vorschein war eine weitere Umwelt gekommen, grösser, vielfältiger, gefährlicher, schöner und verheissender als das was er kannte. Was meinen die Leute, wenn sie von „Welt" reden? Seine Umwelt, die sie nicht kennen, ihre Umwelt, die er nicht kennt? Kommt so die Mehrweltentheorie zustande? Es ist immer dieselbe Welt, sie hat keinen Plural und kein Gegenteil und alle sind mit ihren Umwelten mittendrin, immer. Wer wäre da zu belehren? Der Wissenschaftler? Der Mann auf der Strasse, alle Kinder? Weltanschauungen lassen sich nicht belehren.
  Martin erzählte die Geschichte der drei Hasen und streifte den Kroog. Dachte sich dabei die Sache mit den Welten, die alle kein Gegenteil, nur den unmarkierten Raum um sich herum haben, aus. Er sprach laut in die Gegend hinein bis Renate ihn mit dem Fuss anstiess. In Ihren Augen konnte er nichts entdecken. Von Ablesen konnte keine Rede sein. Diese Form von Kommunikation über die Augen und den Gesichtsausdruck wird viel zu viel Leistungsfähigkeit zugesprochen. Da gibt es wahre Wunderableser und Deuter. Sie hat das mit Absicht so gemacht, denn ihr langsames Kopfnicken, blieb von allen Ablenkungen anderer Signale frei.
  Die Frauen entschuldigten sich, dass sie ihm nicht antworten konnten. Marlene sah jämmerlich aus, sie blickte

unstet umher und sprang sofort auf, als Heinrich das Taxi meldete. Er ging an die Bar, bezahlte und holte dann die Frauen von ihren Plätzen ab. Marlene kam auf die linke Seite, so nah, und Renate nach rechts. Sie drehten die Köpfe, Ade, Heinrich, Ade, auf Wiedersehen. Sie waren so dicht beieinander, dass er sie atmen hören konnte.

Vor der Treppe blieben sie stehen, jeder wollte jeden ansehen, konnte aber den Blick nicht von den steilen Stufen lassen. Wer hat sie ihnen in den Weg gelegt? Sie hätten einzeln hinabturnen können, der nächste folgt, wenn der erste unten ist, der letzte hätte aufgefangen werden können. Noch eine Sekunde, bei zweiundzwanzig legte er die Hände und Arme fest um die Körper, legte sie in die Wärme der Stoffe über dem Fleisch und machte den Schritt hin zur ersten Stufe, zog und schob ein wenig, bis sie die Stufe fanden, von allein die Zweite nahmen und er den Hüftschwung ganz unsymmetrisch in den Körper bekam, links die harte, kleine Erhebung in der Hand, Marlene, und rechts die schwingende Rundung der Renate. So steil war die Treppe nun wirklich nicht.

Sie fanden den Rhythmus, der sie sicher hinabbrachte; er schaffte es, die reine Körperlichkeit in eine Sehnsucht nach mehr und einen Gedanken an immer zu erweitern, so prägnant, dass er sich nie mehr nicht daran erinnern würde.

Der Gedanke, dass er niemals wissen würde, was sich in den Körpern, in den Gehirnen und in den internen Gefühlen der Frauen tat, erreichte die Oberfläche zum Luftraum der anderen Gedanken nicht. Sie werden alles für sich behalten und die Poesie geht leer aus. Unten entliess er sie langsam aus der Umfassung. Sie drehten sich hin, nicht Unbehagen noch Lust in den Minen, nur Befriedigung über den gelungenen Abstieg, trennten sich und gingen auf die übliche Art aus dem Restaurant. Sich Türen aufhalten und kichern, als hätte es die Treppe nie gegeben. Was machen wir Drei mit einem Taxi?

Sie waren neugierig auf den Fahrer. Hier stand der Wagen. Jeder ging zu einer Tür. Wer sagt etwas? Sie brauchen ein

Ziel. Martin überlegte in Spiralen und verfluchte seinen Kopf, der nicht mehr gehorchte und etwas anderes tat als dem Ich zu helfen. Als nach langem Schweigen der Fahrer ansetzte, kam ihm Marlene, die wohl seine Kopfbewegung sah, zuvor und sagte: — Ahornweg in Lagingen.
Er überlegte vergeblich, wusste doch nicht, wo Renate wohnte. Dann noch einmal Marlene:
— Alle zu Marlene, ganz schnell.
Das war ihre erste Aktion; ein Entschluss, den sie nicht durchsetzen musste. Der Kitt einer gemeinsamen Geschichte begann sich zu bilden.

26

Mit Renate und Marlene bei den Kindern

Sie schwiegen nun. Die Frauen sassen dicht beieinander, die Arme untergehakt, mit hängenden Köpfen. Wer hat das veranlasst? Er hat sie doch gerade erst auseinandergehalten, Renate rechts. Bedeutsam! Noch einmal wandte er sich um und sah die Haare ohne Gesicht. Zuckende Krämpfe hier, ein Ziehen oder Stechen dort: sie suchten Leitungsbahnen ins Bewusstsein, das Eifersucht und Argwohn aus ihnen machte – oder auch nicht. Ihm fiel der Kopf auf die Brust zur Hingabe an die Gefühle. Mit Anstrengung hob er ihn wieder und sah nach den Strassenschildern. Wo könnten wir sein?
Den Graben erkannte er sofort, den Zaun mit dem Tor, das nun geschlossen war, auch. Das Haus lag dunkel, die Hoflaterne sprang schon an, als sich der Wagen dem Zaun näherte.
— Halt an, wir müssen durch diese kleine Pforte.
Er konnte den Preis lesen. Mit einem Trinkgeld zusammen war er leicht zu begleichen. Der Fahrer hatte geschwiegen, bedankte sich freundlich, unaufdringlich aber beteiligt. Martin nickte nur, auf eine bestimmte Art, die andeuten konnte, dass

er mit ihm zufrieden war. Er musste nach draussen gelangen und wenigstens eine der Frauen aus dem Wagen holen, um ihr wieder so nahe zu kommen wie auf der Treppe. Auf seiner Seite sass Marlene, die keine Bewegungen machte, auszusteigen.

Eine Art Planung: mit Schwung aus der Tür ziehen und aufprallen lassen, dann zugreifen und festhalten, vergessen loszulassen und vergessen zu reden.

Sie flog ihm ganz langsam zu und er drückte sie an sich, hörte Renate protestieren, die allein ausgestiegen war und über das Wagendach sah. Sie wollte mit einem Scherz wieder unter seinen rechten Arm schlüpfen.

Es konnte so nicht gelingen, auch wenn die Vorstellung noch so präzise war.

Er sah Marlene vor sich auf der Treppe: Das Licht geht an, die kleinen bunten Fenster leuchten. Fabian steht im Flur, Marlene geht auf ihn zu und umarmt ihn über seinen Kopf hinweg. Nach rückwärts streckt Martin die eine Hand aus und zieht Renate hinter sich her. Ihre Hand ist kalt, die Übertragung schlecht, wir brauchen Wärme. Sie sagt es anders, als er denkt, sie sagt:

— Deine Hand ist so schön warm.

Das Licht in der Küche bleicht ihre Gesichter aus, auch wenn sie lachen. Alle sitzen am Tisch, die Grossen sehen über die Köpfe der Kleinen auf ihrem Schoss hinweg. Er versenkte sein Kinn in Bettys Haar, gibt sie weiter an ihre Mutter, die Fabian an Renate gibt, von der er Niki übernimmt. Kitzeln muss er ihn ein ganz klein wenig und wieder im neuen Haar einatmen, diesmal zieht er Kuchenteiggeruch ein. Und was haben sie gesagt, gelacht, geprustet:

— Wir haben überhaupt keine Angst gehabt, Fabi hat vorgelesen und beinahe wären wir eingeschlafen.

Und was sagten sie nicht? Marlene: Nun ist alles wieder gut, du hast mich gerettet und ich habe dich davongejagt, verzeih mir, du darfst mich küssen, so oft wie du willst.

Renate: Gut, dass Marlene mitgekommen ist, sie hat es geschafft, sich selbst zu verlassen und aus Neugier oder Not in die Welt zu gehen und die Kinder allein zu lassen.

Renate: Martin, was hast du mit den Kindern angestellt, mach mir auch solche Kinder, es ist noch nicht zu spät; wie ihr ausseht, habt ihr der Mama bestimmt gesagt: wenn du Martin nicht wieder herbeischaffst, gehen wir in den Wald und kommen nie wieder zurück. Zu sich fiel ihm nichts ein, er konnte auch nicht reden, nicht einmal an sich denken. Er wusste nur: lange darf das hier nicht dauern, dann wird die Verlegenheit unerträglich. Die Hände auf dem Tisch suchten schon nach anderen Händen. Die Köpfe wandten mit müden Blicken sich immer schneller zueinander. Marlene senkte den Kopf tief über die gefalteten Hände und sagte das Wort, die Kinder hoben die Arme und hielten den Atem an. Renate neben Martin rückte mit dem Stuhl näher, und Martin blickte mit weiten Augen in die Runde. Das war es!

Martin wurde von Marlenes Kindern, Fabian, Betty und Nicki zum Vater bestimmt, der entschied sich für Renate als Geliebte, die warf zwei Augen auf Marlene, die nun aufblickte und die Koalitionen billigte. Man müsste jedem den einen Satz ins Ohr flüstern. Er nahm Fabian hoch und setze ihn beim Aufstehen auf seinen Stuhl.

— Wie kommst du nach Hause? — Ich kann ja rennen.
Ihr nehmt meinen Wagen, wollte Marlene sagen. Er las ihr die Worte vom Munde ab, so lange, bis das Lächeln der Erinnerung an den Verlust die Verlegenheit zeigte.

— Wenn ihr möchtet, könnt ihr hierbleiben.
Die Kinder sprangen los, das war die Lösung. Wir haben euch fest im Griff. Die Erinnerung an diese Liege, an Staub und Geruch, trübem Licht und Marlenes Bettzeug, durchbrach seine Glücksmomente, die auf den White Ladies schwammen, mit einem Ziehen unter dem Brustbein und einer Beengung, so dass er sich nicht mehr ganz aufrichten konnte und den Atem laut und langsam ausgehen lassen musste.

Er leistete nichts mehr. Die anderen mussten entscheiden und handeln. Sollte er noch einmal fliehen, davonlaufen und alle hinter ihm her. Angestrengt dachte er Fragen aus und erfand keine Antworten; wie die Zeit gerade stand, jetzt, morgen, nachher, war nicht mehr festzustellen, nein: er konnte nicht mehr.

Der Anfall dauert nur Sekunden, die im Kopf mit einem anderen Mass gemessen werden. Dort vereinigen sich Ewigkeiten mit Millisekunden und der Verstand weiss nichts davon; dort feuern mehr Zellen als die Erde Hirne hat und sein Bewusstsein bemerkt es nicht. Aber es bemerkt die Folgen der Beschießung: der Körper ist aufgewühlt und aus den Röhren springen Fontänen von wirkungsmächtigen Grossmolekülen, ein Elend aus Schwindel und Flauheit im Bauch.

Natürlich hörte er den Lärm der Kinder, die anfingen, Gute Nacht zu sagen, hörte die Frauen ihre lieblichen Worte aufsagen und spürte die Umklammerung der Kinder, die eins nach dem anderen herankamen, hochgehoben und geküsst wurden, dorthin, wohin sie zeigten.

Renate nahm seine Hand und nickte in Richtung Tür. Sie meint den Flur und vielleicht das staubige Zimmer. Woher kannte sie sich hier aus? Er konnte die Frage schon denken, sie machte ihn ratlos und anstatt Renate sogleich zu folgen, machte er sich los und wandte sich Marlene zu, die gerade die Kinder aus der Tür scheuchte.

Als sie sich zu ihm herumdrehte, ergriff er die Hände, hob sie an den Mund und bemerkte dabei die Leichtigkeit mit der es ihm gelang. Schwerelosigkeit durch Entgegenkommen, Ende offen. Noch bevor er die Hände mit den Lippen berührte, flogen sie auseinander und er hielt die Figur im Arm, angeschmiegt, atmend. Aber wohin mit den Gesichtern, wenn man sich Auge in Auge noch fremd ist? Mit einem Gedanken in ihre Wortspiele eindringen und lesen und hören und fühlen:

— Entschuldige, ich war ein Idiot, jetzt nicht mehr.

Zu schlechteren Träumen brachte er es in den Armen der schlanken Frau nicht. Der Andruck an seinen Körper ersetzte die Erinnerung an das Gewicht, das er getragen hatte. Renate stand mit gesenktem Kopf und stützte sich mit beiden Fäusten und weissen Knöcheln auf die Arbeitsplatte.

— Ich mache eine Übung, die mich nüchtern macht, sagte sie, als sie prüfend hinsahen. Mit einer Hand deckte er die Fäuste zu. Wie konnte er sie aufnehmen und den begonnenen Gang ins alte Wohnzimmer von vorhin fortsetzen? Sie liess von selbst die Fäuste aufgehen, gab eine Hand ganz frei und so kamen sie wieder auf den Weg.
— Ade, gute Nacht, das Licht geht von alleine aus, schlaft gut.
— Huch, wie riecht es denn hier, machst du Licht an.

27

Mit Renate auf der Couch

Mit seinen Kenntnissen aus der vorigen Nacht brachte er in kurzer Zeit ein Bett zustande: an den Schlaufen ziehen, umklappen, schieben. Der Schwindel flog davon. Aus dem Bettkasten nahm er Decken, bereitete Kopfkissen und Zudecken, spähte mit schnellen Rückblicken nach Renate, die zuerst unschlüssig mit angewinkelten Armen neben der Lampe stand und dann begann, ihren Rock auszuziehen. Und was musste jetzt getan und angepasst werden?
Schliesslich konnte er sie nicht einfach hochheben und an die Wand unter die Decken legen, so wie er Marlene unter der Heckklappe in den Laderaum gelegt hatte. Sie war zu schwer dafür, und sie bewegte sich noch. Aber beim Ausziehen könnte er ihr helfen und ihre Arme anheben und die Hände unter die Brüste legen und Po und Lenden passend machen. So könnte man auch liegen und einschlafen. Es war aber nicht dunkel, und nachfühlen mit den Händen ist dann doch eine Schande. Sie merkte, dass er zögerte und keine Lösung hatte.
— Soll ich erst das Licht ausmachen?
Sie erwartete sein Handeln. Und er? Natürlich, auch er erwartete, nur hatten sie keine Vorstellung darüber, worin die

Erwartung des anderen genauer bestand und das Risiko der Zurückweisung war viel zu gross, auch wenn man angetrunken ist. Grosse Leute machen grosse Umstände! Warum ging das bei Marlene so viel einfacher? Sie war jünger. Das ist aber keine Erklärung.

Es war nicht zum Abschluss zu bringen. Martin war der Mann und der Ältere, er hatte die Verantwortung, so sollte er meinen. In diese Überlegungen quälte er sich nicht hinein. Wenn später über diese Szene gelacht wird, darf daran nichts Peinliches sein; wir wollen über unsere Zuversicht und Selbstverständlichkeit lachen und dabei Freiheit erleben. Er war bange bis kurz vor klopfender Angst und gelähmt vom Stopp der Normalität. Wie anpassen, wenn man nicht einen Fetzen am Leibe hat? Wenn du vor Schreck nicht mal Worte hast!

— Zieh deinen Rock aus und krabbel ganz schnell an die Wand. Ich sehe auch nicht hin.
Sie blieb stumm, ohne Glucksen und Protest. Natürlich sah er hin. Kalypso kriecht in ihr Bild zurück, unerreichbar bleiben die weissen Parabeln der Schenkel. Und Klarsichtigkeit über dem Rausch: Rund, glatt und warm, im Kontext.

Sorgfältig entfaltete er seine Decken. Vermeiden, verhindern: den Stauballergieanfall, den Husten, den Geruch des Atems. Schweigen als Schutzmantel. Wie entfernt sie sich doch noch sind, wie unbekannt voreinander im Schein des anderen. Renate atmete tief ein und aus. Sie schläft schon. Und er streckte sich mit diesen aufdringlichen Gedanken im Kopf neben sie und griff zum Stiel der Stehlampe. Der kalte Arm suchte den Knipser. Es war nun schwarz vor den Augen. Nur wenn er die Innenseite der Augenlider, die Bühne aller Illusionen betrachtete, drehten sich gelbe und rote Spiralen.

Er hörte auf sein Atmen. Er hielt die Luft an, um zu hören ob sie noch atmete, drei Wechsel lang. Es war Signalgebung, sie konnte ihr etwas entnehmen: Er horcht nach mir. Ihm fiel die Entschlossenheit ihres Ausatmens auf. Wenn man nichts sehen kann, ist zuhören eine gute Chance. Lange überlegte

er, ob er sich aufrichten und hinüberbeugen sollte. Und dann nur ihre Nasenspitze treffen.
Auch Renate musste Überlegungen angestellt haben. Sie bewegte sich und brachte ihre Hand neben seine auf der Decke. Das begriff er, das konnte er umsetzen. Sie drückten sich die Hand. Das ist nicht einfach, wenn man nebeneinander liegt. Er dachte dabei an ihre zweite Handberührung vorhin, nun gab es keine Temperaturdifferenz und von Drücken konnte nicht die Rede sein. Er streichelte mehr über ihren Handrücken, von schwer zu leicht, von warm zu warm und wollte schon ins Niemandsland vor dem Einschlafen gehen noch bevor er seine Hand wieder unter der Decke verstaut hatte.
Das Niemandsland erreichte er nicht. Er schwang zurück in eine Wachheit, die ihn enttäuschte. Sie war weder mit Gefühlen noch mit Gedanken angefüllt, erst recht nicht mit einer Seligkeit, die irgendwo im Körper entsteht und sich dann in allen Zellen der Tiefe und der Oberfläche ausdehnt, in leichten Wellen und Pulsen. Er gelangte wieder an den Anfang, an gestern Morgen und komprimierte dann alles, was er als Erleben der Gegenwart nicht vergessen hatte, auf ein Bildkärtchen, das in einem der Gedächtnisse abgelegt wurde. Das war besser als aufgeschrieben. Es konnte jederzeit betrachtet, gedeutet und verändert werden. Und es konnte mit den Inhalten anderer Speicher geschmückt, musikalisch untermalt und mit Glück und Stress belegt werden. Er überlegte, nachdem diese Konservierung hergestellt war, ob er nicht wieder zum Ich zurückkehren sollte. Zwei Seelen, Gefühle in ungedeuteten Pulsen, flüchtige Gedanken in Dur. Ein Satzschatten, der mit wir beginnt. Er bewegte die Fingerspitzen in der Landschaft ihres Handrückens.
Dann kappte er die Berührung und gelangte nun doch in der Zone, in der die Gedanken schon stillstehen und sich ohne Folgen betrachten lassen, in der kein Weg durch das hohe Gras führt, kein weiter Horizont den Morgen des nächsten Tages ahnen lässt. Er wechselte ohne Besinnung in

den Traumstand und konnte nicht mehr feststellen, ob er wach oder ohnmächtig war.

Die Träume hat er vergessen, sie waren auch nicht für ihn bestimmt. Aber er erinnerte sich, dass er geträumt und ohne Schrecken geschlafen hatte, Träume ohne die peinlichen Lagen, in die er sonst gestossen wurde, sinnlos, denn anfangen konnte er später mit ihnen nichts. Es ist nur quälend, wenn selbst im Traum das Versagen immer wieder repetiert wird. Was träumt da und welche Funktion haben diese scheinbaren Wahrsagereien?

Bis kurz vor dem Aufwachen wanderte er durch Bildergalerien aus Körpern und Gesichtern: sie kommen jetzt wieder vor Augen, dem Vergessen von eben entnommen, begleitet von grosser Ruhe und Leichtigkeit ohne die Bürden, die sonst als Emotionen so schwer an den Schultern ziehen. Hier waren sie wie farbige Nebel aus Zuckerwatte vor der Kuchenwand im Schlaraffenland.

Hell war es schon als er angestossen wurde bei dem Versuch, die Kuchenwand zu durchbrechen. Renate kletterte über ihn hinweg und sagte:

– Ich mach´ mir sonst in die Hose.

Ihr schwarzer Wuschelkopf war ohne Augen; als sie zurück kam, stand er vor der Couch und fing an, die Decken zusammenzulegen. Sie sahen einander an und entdeckten zugleich die roten Augenränder unter den Wimpern und wunderten sich, dass sie sich mit solch kleinen Augen noch ordentlich ansehen konnten. Sie lachte, ohne den Mund zu öffnen. Er versuchte das auch. Ihre verhauenen Gesichter schreckten sich nicht ab, er empfand keine Regung, zurückzuweichen, und sah in ihren Wendungen des Körpers und den Bewegungen im Gesicht nicht die Quellen eines Wunsches, abgestossen zu sein und auszuweichen. Gewiss war er sich, ein jeder hätte sagen können: ich habe ein anderes, ein sehr gutes Gesicht von dir im Herzen. Vielleicht musste es nicht gleich das Herz sein. Es ist schleierhaft, wie in dem blutigen Schlagwerk aus Klappen und Kammern und Bahnen und elektrischen Signalen, die Ahnung von

Wohlwollen und Vertrauen und Neugier, die das Substrat der ganz kleinen, noch nicht vorzeigbaren, Verliebtheit bilden, aufbewahrt werden könnte. Da muss ein Kopf her, in dem die Wunder das Lebens noch viel wunderbarer sind als in den Gefilden der Herzen. Wie aber ist die Poesie des Hirns vorstellbar?

Martin war ausgeschlafen; ohne Kopfschmerzen, ohne verrenkten Nacken von der harten Decke und ohne die Stiche in den Lendenwirbeln, die sich dann nicht einfach weggymnastizieren lassen, sondern dazu neigen, Verrat zu üben bis zur Lähmung, wenn man in den Stich zu flink hineinoperiert. Kurz: sie standen sich gegenüber und waren sich einig, wussten aber nicht genauer, worin die Einigkeit bestand.

Er hatte, auch mit Bartstoppeln und hängenden Lidern weder Bedenken noch Zweifel an der Wirkung seines Daseins; sinnierte darüber, was alles abwesend war und bemerkte, während er langsam über ihr Gesicht und dann über ihre Bluse strich, die sie jetzt begann auszuziehen um die schrecklichen Falten glatt zu ziehen, die auch den Rock über den Hüften zerknitterten, in sich eine Regung, die er sofort als unbegrenztes Vertrauen erlebte und billigte, ja sich daran, beinahe aufjauchzend, offen erfreute. Das war genug Morgenglück, mehr, als in diesem Raum möglich schien, mehr als ihre geäderten Brüste in der knappen Halterung verhiessen. Er wandte sich ab und begann, die vorläufigen Trennungen vorzubereiten.

28

Ohne Anfang und Ende

An den Apfelbäumen unserer Gärten welken die Blätter erst spät. Alle Nachbarn haben ihre Äpfel gepflückt. Ledern und stumpf bleiben die Blätter allein zurück. Sie nehmen nach vielen Tagen ein leuchtendes Gelb an.

Er trabte in Strassenschuhen die letzten Meter auf die Haustür zu. Hinter ihm lagen zehn Kilometer Weg, den er heruntergelaufen war, trainiert bis Acht, erschöpft bei Neun, regeneriert durch eine Pause mit Gymnastik, fröhlich und locker auf dem letzten Kilometer, weil er nun nicht über die Zukunft nachdachte, sondern den Abend gestern, die Nacht und den Morgen heute mit Renate und Marlene und den Kindern immer wieder durch die Gedächtnisse schob und jedes Mal unter Aufsagen der Namen der Frauen und Kinder, neu ordnete.

Hatte er sich eine Bürde aufgeladen? Zwei Frauen auf einmal; hat nie davon geträumt; drei Kinder, die ihn vorhin nicht wieder gehen lassen wollten, was ihn mit Stolz und Furcht zugleich erfüllte und – er schloss die Haustür auf – der Gedanke, wie soll das weitergehen, wenn sie morgen den Zoo in Frankfurt besucht haben werden und er für alle anschliessend, auch für Renate, hier im Haus eine Pizza backen würde. Aber dann wird Schluss sein. Renate ist sicher verheiratet mit irgendeinem gepanzerten, graumelierten Odysseus mit Revolutionsfriedensatomumweltapostelbiographie. Natürlich, eine so schöne alte Jungfer gibt es nie. Sie hat kein Wort gesagt, das auf einen Mann schliessen lässt.

Er schwang die Tür herum, dass sie ins Schloss fiel, er rang mit allen möglichen Gedanken zur Zukunft, die ja immer noch aus seinen Jobs, dem Angebot von Klaus, seiner Leseneugier und seinem Abgekoppeltsein von den Teilen Umwelt bestand, die den meisten Leuten ganz geläufig und zugänglich sind. Er erlebte durch die gewaltige Zeitung viele Systeme der Welt, zwar vermittelt und abgeschattet durch

Metaphysik, Ideologie und Weltanschauung aber geniessbar gemacht durch Wissenschaft.

Die Dusche nach der mühsamen Entkleidung aus den zähen, nassen Sachen, wirkte als Gedankenunterbrecher und liess den Emotionen, den Wallungen, in die der Körper mit einbezogen war, freieren Lauf. Aber ein Gedanke blieb zäh: was wirklich anfangen mit den Erlebnissen und Ergebnissen von gestern und vorgestern? Einen Plan machen und vorantreiben?

Am Schreibtisch zeichnete er den Stamm der Gegenwart und liess ihn sich in in zwei Zukünfte teilen. Das Bild sagte nichts. Es gibt nur eine reale Zukunft, die man nicht kennen aber sich wünschen und ausdenken kann. *„Wenn du morgen glücklich sein willst, musst du heute daran arbeiten."* So, so.

Der Spruch lag seit Jahren unter der Schreibunterlage. Martin packte die Zuversicht und versetzte sich in ein Licht: rot, ganz hellrot, an einem Blau festgemacht, das etwas in ihm vorbereitete, das er noch nie gefühlt hatte. Als er es bemerkte, strich er die Zeichnung durch, machte die Schreibmaschine an und begann einen Brief an Marlene.

Der Blick in die lachenden Gesichter der Frauen und der Kinder, der ihm durch eine geheimnisvolle Gedächtnisleistung möglich war, liess ein Glucksen in ihm entstehen, das unter dem Brustbein begann und bis in die Kehle hüpfte.

Anschliessend entwarf er eine Einladung zu seinem Geburtstag ins Ballhaus und versprach Krach und Wonne, wie es in dem schönen Lied heisst, für nur einen Dollar.